Charlotte Camp

Satans Erben

ROMAN

Über das Buch

Man schrieb das Jahr 1652...
Nachdem es ihr nach Jahren der Sklaverei endlich gelungen war,
aus den fernen Pyrenäen, in die sie verschleppt wurde, sich zu
befreien und zu flüchten, stand sie nun vor einer neuen Hürde.
Die weite Entfernung, schien unüberwindbar, sodass sie sich fernen
Verwandten anvertraute.
Doch das Glück war ihr nicht gesonnen, als sie gewaltsam in das
frühe Mittelalter entführt wurde. Um endlich aus der Tiefe der
Zeit an ihr Ziel, durch den Zeitkanal in ihre Heimat zu gelangen,
versprach sie leichtfertig, was sie schon bald bitter bereuen sollte.

Als Zeitreisende besitzt sie die Fähigkeit immense Zeiten zu
überwinden. Ein kleiner Trip ins 16. Jahrhundert nur, sollte es
werden. Doch durch unglückliche Umstände, in Sklavenschaft
geraten, in die fernen Pyrenäen verschleppt und als Dienstmagd
genötigt, schien ihr Schicksal hoffnungslos besiegelt...
Schließlich gelingt ihr, nach Jahren der Knechtschaft die Flucht.
Doch nun stand sie vor einem unlösbaren Problem. Wie sollte sie
den weiten Weg bewältigen, allein ohne männlichen Schutz?

Zur Autorin:

Nach einem turbulenten Leben,
in selbst gewählter Ruhe und Abgeschiedenheit,
in einem kleinen Harzdörfchen,
widmet sie sich nun ausschließlich ihrem Hobby,
dem Schreiben, fantastischer Abenteuer Romane.

Fortsetzung der Trilogie

Vogelfrei

Kapitel 1:   Vogelfrei

Blind vor Tränen stolperte ich davon, lief ohne auf den Weg zu achten, fort, fort von hier, wo man mich hasst, verwünscht und verachtet.

Die langen lästigen Röcke behinderten mich, ich verhedderte mich, verfing mich im Gestrüpp, stürzte und rappelte mich wieder auf.

Werde ich den rechten Weg finden? Welchen Weg, wohin sollte ich gehen in meiner Verzweiflung.

Hatte ich mich nicht ergeben, erniedrigt und die schmutzigsten Dienstboten- Arbeiten verrichtet. Habe ich sie nicht aufopfernd gepflegt, sie gefüttert, gewaschen und sorgenvoll an ihrem Bett gewacht. Jedoch als Dank nur Häme empfangen?

Und zur Krönung nun das.

Sie hatte mich mit Schimpf und Schande des Hauses verwiesen, wie eine Verbrecherin.

Erschöpft legte ich eine Pause ein, streifte Schuhe und Strümpfe ab und streckte mich im Grase aus.

Man schrieb das Jahr 1652.

Wo war er, mein Liebster, der mich leidenschaftlich umarmt und versprochen hatte mich zu holen. Wochen und Monate waren vergangen, mein Hoffen und Warten war vergebens.

Doch war das wirklich alles geschehen? Bisweilen glaubte ich, ihn nur herbei geträumt zu haben.

Was wird jetzt aus mir, bin ich nun nichts als eine Streunerin, in einem fremden Land? Wie lange kann ich durchhalten? Habe ich doch mehr als 1000 Kilometer Wegstrecke vor mir. Ohnmacht und Hilflosigkeit schienen mich schier zu erdrücken.

Plötzlich entsann ich mich des Pferdes, hatte ich es nicht gestern noch im Stall stehen sehen?

Es war also noch da.

Ich muss mich bei Nacht zurück schleichen und das Pferd aus dem Unterstand stehlen. Stehlen?

Es gehört mir, nicht weniger als der Alten, überlegte ich. Aber würde eine einsame Frau auf einem Pferd nicht Aufsehen erregen? Wäre es nicht gleichsam von Nöten, als Mann verkleidet, diese gefahrenreiche Reise zu beginnen.

War es mir nicht schon einmal gelungen, vor gar nicht allzu langer Zeit.

Doch jener Weg war nur ein Spaziergang, angesichts dessen was nun vor mir lag.

Die Sonne senkte sich zwischen den Bäumen, ein wunderschöner Frühlingabend, der erste warme Tag nach dem langen Winter.

Doch ich hatte keinen Blick für die Schönheit der Schöpfung.

Ich hockte auf einem moosbewachsenen Stein, versunken in Grübeleien.

Eine bleierne Hoffnungslosigkeit lähmte mich. Lieber Gott, habe ein Erbarmen mit mir, weise mir den rechten Weg, gib mir ein Zeichen.

Doch der Herrgott zeigte mir die kalte Schulter, kümmerte sich nicht um die Belange einer verzweifelten, einsamen Frau. Hilft dir keiner, so helf dir selbst.

Entschlossen erhob ich mich und begab mich mit forschen Schritten auf den Weg zurück.

Es war bereits dunkel, als ich den Hof erreichte.

Im Haus sah ich noch ein schummriges Licht brennen.

Ich lauschte am Fenster, hörte aber keine Stimmen, die Trauergesellschaft hatte sich zur Ruhe begeben.

Einzig die Mutter fand offenbar keine Ruhe, meldete sich nun ihr schlechtes Gewissen?

Denn bald würde sie sehr einsam sein, sie hat es nicht anders gewollt. Sei es drum. Ich werde nicht zu Kreuze kriechen.

Wie gut, das ich meine Taschenlampe geschont habe, sie würde mir für mein Vorhaben, sehr von Nutzen sein.

So fand ich das Zaumzeug und die Satteltaschen problemlos, verteilte meine wenigen Habseligkeiten darin, redete beruhigend auf den Hengst ein und führte ihn aus dem Stall, stetig auf verdächtige Geräusche lauschend. Vor Spannung hielt ich die Luft an, als wir den dunklen Hof überquerten. Endlich hatten wir das rettende Tor passiert.

Ein Blick zurück, zeigte mir, das die Entführung des wertvollen Tieres unbemerkt geblieben war. Morgen wird es ein Gezeter und böse Verwünschungen, gegen meine Person hageln, dachte ich schadenfroh, als ich es mir auf dem Rücken des Pferdes bequem gemacht hatte.

Totale Schwärze umgab mich. Wir kamen nur im Schritttempo voran. Ich hoffte inbrünstig, das Henri seinen Weg auch im Dunkeln fand. Welch eine Erleichterung für meine geschundenen Füße.

Ich atmete seufzend auf.

Mein Weg in die Freiheit hatte begonnen.

Was mag mir wohl auf meiner verrückten, abenteuerlichen Tour durch drei oder waren es gar vier Länder widerfahren?

Nun gut, ich war von Natur aus eine Abenteuerin, aufgeschlossen für alles Neue, doch dieses Unterfangen sprengte den Rahmen alles bisher Erlebten.

Wir gewöhnten uns zwangläufig aneinander, mein Hengst und ich wuchsen zusammen, wurden Eins.

Wir trotteten durch die Schwärze der Nacht.

Erst im Morgengrauen, erlaubte ich uns eine Rastpause.

Der Weg führte uns durch das Dorf, am Rathaus vorbei. Hier hüpfte ich von meinem Freund, band ihn flüchtig an einen Pfosten und begab mich in das von Menschen wimmelnde Haus, Neugierig, etwas über die Nachforschungen des alten Möchtegerns, den ehrenwerten Bürgermeister, zu erfahren.

Ich drängte mich ungeduldig an den ergeben wartenden Dörflern vorbei, böse Blicke und Verwünschungen über mich ergehen lassend.

„Oh Komtesschen, tretet ein!" Empfing mich freudestrahlend der mächtige Bürgermeister.

Er wies mir einen Stuhl an und schloss vielsagend, die Tür hinter mir.

„Wir hatten außerordentliches Glück bei unseren
Nachforschungen, denn ich habe sie ausfindig machen
können, eure Verwandten. So wisset, eurer Cousin erwartet
euch bereits!", eröffnete er mir, ohne mich anzusehen.
Verblüfft ließ ich mich auf den mir angebotenen Stuhl
sinken. Ich glaube, ich vergaß vor Anspannung zu atmen.
Mit allem hatte ich gerechnet, doch diese Neuigkeit, warf
mich um. Einer Ohnmacht nahe, griff ich nach einem Halt,
mir wurde heiß und kalt zugleich.
„Ja da staunt ihr Komtesschen, ich halte mein Wort, aber ihr
seid ja ganz blass. Aber aber, wer wird sich denn so
aufregen", plapperte er weiter und drückte mich auf den
Stuhl.
„Gebt mir ein paar Minuten, ich muss mich erst fassen!",
hauchte ich, eine Hitzewelle stieg mir zu Kopf.
Ich zerrte die Bänder meiner Haube auf und betupfte meine
Stirn.
„Lasst den werten Grafen nicht zu lange warten, er ist
ungeduldig und brennt darauf euch kennen zu lernen",
mahnte er mich.
Ich lehnte mich zurück und schloss für einen Moment die
Augen, mein Atem ging wieder normal. Das aufgeregte
Gemurmel um mich im Raum war verstummt. Als ich die
Augen wieder öffnete, fand ich mich allein in der Amtsstube.
In der Tür zum Flur, stand eine männliche Gestalt und schritt
mir schmunzelnd entgegen.
„Graf von Elzen!"
Aus dem Schmunzeln erwuchs ein herzliches Lachen.
Im Näherkommen, streckte er mir seine Hand entgegen.

Eine ausnehmend, stattliche Erscheinung. Sehr Dandyhaft, ja geradezu weibisch schön wirkend. Mit einem einnehmend, umwerfenden Lächeln eröffnete er das Gespräch.

„Verzeiht mir, wenn ich euch erschreckt haben sollte Cousinchen!", murmelte er, „oh welch reizender Anblick, ich bin entzückt eure Bekanntschaft zu machen".

Sein Händedruck war warm und fest, sein Lachen erweckte ein Gefühl der Vertrautheit. Seine Pranken umschlossen meine Hände, ich fühlte mich geborgen.

Ich hob meinen Blick und las in seinen Augen, konnte nichts Böses, Hinterhältiges in ihnen entdecken.

„Euer ergebener Diener, lasst mir die Ehre eurer Gesellschaft zuteilwerden!", säuselte er mit einer leichten Verbeugung.

„So kommt Cousinchen, alle warten schon sehnsüchtig auf euch, lasst sie nicht länger warten!"

Er zog mich behutsam von meinem Sitz und faste mich um die Schulter, führte mich an dem gaffenden Landvolk vorbei, aus dem Hause.

Ich wusste nicht wie mir geschah, denn ich folgte ihm vertrauensvoll, schwebte am Arm des Fremden die Stufen hinab.

„Wohin führt ihr mich?", brachte ich endlich, wie aus einem Traum erwachend, hervor.

„In mein Schloss!", entgegnete er lachend.

„Aber ihr habt mich ja gar nicht gefragt!" Protestierte ich und löste mich gespielt empört aus seinem Griff.

„Ich dachte ihr wolltet, aeh - ich meinte ich soll euch als Gast"… begann er unsicher zu stammeln, das Lächeln erstarb auf seinem Gesicht und verwandelte sich in Enttäuschung.

12

„Oh ich kann nicht mit euch gehen, später vielleicht, denn ich bin auf der Suche nach meinem liebsten aeh – Bruder".
„Der Bürgermeister hat mir versprochen, mir zur Seite zu stehen und mich zu unterstützen und nun gibt es noch immer keine Spur von ihm, ich bin in größter Sorge".
„Hm, der Alte hat so etwas angedeutet, so ist der werte Bruder also noch immer verschollen?"
„Ihr seht mich untröstlich, ich werde der Sache nachgehen, meine Männer stehen euch selbstredend zur Verfügung, bei nächster Gelegenheit werde ich sie ausschicken, gebt mir eine Beschreibung von ihm!"
„Oh das will ich gerne tun", antwortete ich erfreut und kramte nach den Fotos in meinem Reisebeutel.
„Da steht unsere Kutsche, dort könnt ihr in Ruhe eine Zeichnung anfertigen".
„Ja okay", sagte ich eifrig, „aber ich habe schon ein Bild parat".
Er half mir galant in den Wagen. Jetzt konnte es mir, in meinem Eifer nicht schnell genug gehen.
Als ich meinen Platz eingenommen hatte, leerte ich ungeduldig meinen Beutel aus, fand die gesuchten Fotos und übergab sie ihm.
„Was ist das, wer hat die gemalt, wer kann so perfekt malen, sie sind so lebendig, als würden sie gleich aus dem Bild steigen!"
„Ach das ist doch jetzt unwichtig", winkte ich ab.
„So etwas habe ich noch nie gesehen, ihr erstaunt mich!"
„Ja ja, das mag wohl sein, so sagt mir, erkennt ihr Ihn, habt ihr diesen Mann schon gesehen, irgendwo?"

„Tja – ich glaube in tatsächlich schon gesehen zu haben, vor ein paar Monaten hat er uns aufgesucht und nach einer gewissen schönen Dame gefragt, dass wart ihr also, ich meine diese Schöne, ich muss gestehen, ich habe noch nie eine schönere Frau zu Gesicht bekommen als euch, ihr strahlt heller als das Licht, der euch gesehen, ist geblendet von eurem Anblick und"…

„Genug jetzt!", rief ich ungehalten, „eure Schwärmereien sind im Moment nicht angebracht Cousin, habt ihr meine Sorgen und den Sinn meines Strebens vergessen?"

„Ach und mein Hengst dort an dem Pfosten, seht nur!"

„Ach der Gaul, den werden wir mit einspannen, das ist kein Problem, das wird mein Kutscher schon regeln".

Bald setzte sich die gräfliche Kutsche in Bewegung.
Ein Blick zurück zeigte mir das alte Väterchen, den Bürgermeister am Straßenrand stehend. Er winkte uns wie ein lieber Onkel hinterher, ein dickes Bündel Scheine fest an sich gedrückt.
Mich beschlich ein ungutes Gefühl, hatte er nicht meine Blicke gemieden, verheimlichte er mir nicht, wonach ich ihn ersucht hatte?
Wusste er über den Verblieb meines Liebsten oder hatte er ihn gar eigenhändig einsperren lassen.
Ach meine Fantasie geht mal wieder bizarre Wege.
Ich lehnte mich seufzend in meinen Sitz zurück.
Alles hatte sich scheinbar zum Guten gewendet, ich hatte ein Dach über dem Kopf, unter dem weiten Himmelszelt, Schutz vor allem Unbill um mich nicht pausenlos sorgen zu müssen,

alles so nehmen wie es kommt, mahnte ich mich zu meiner Beruhigung.

Die eintönige, wenn auch reizvolle Landschaft, gepaart mit den Strapazen des vergangenen Tages und der durchwachten Nacht, sowie das gleichmäßige Rumpeln der Kutsche, ließen mich bald meine Kümmernisse vergessen und in einen erholsamen Schlummer sinken.

Als ich später erschrocken die Augen öffnete und wieder in die Gegenwart tauchte, sah ich seine Blicke intensiv auf mich gerichtet.

„Oh verzeiht, ich bin ein unhöflicher Gast, aber die letzten Nächte, war mir kein Schlaf gegönnt, mir oblag die Aufgabe die Totenwache zu halten, am Bett meines aeh – Herrn".

„Eures Herrn?", fragte er irritiert, „wollt ihr behaupten, ihr habt als Magd euren Unterhalt erarbeiten müssen?"

„Ja - Cousin, so war es in der Tat, seht meine Hände, ich habe wahrhaftig geschuftet wie die niedrigste Magd", bestätigte ich.

„Das kann ich kaum glauben Komtesschen, wie konnte das geschehen, was hat euch in solch eine Abhängigkeit geraten lassen, ihr kommt doch, wie ich erfuhr, aus dem deutschen Land, wenn auch eure Aussprache ein wenig merkwürdig anmutet".

„Ihr sagt es, ich komme ursprünglich aus Mitteldeutschland, lebte jedoch schon seit Ewigkeiten zwischen dem Erz und dem Riesengebirge, dort wo die Wiege der großen Grafensippe liegt, ach ich weiß noch nicht mal euren Vornamen, ich bin die Carla von Elzen und du?"

„Sebastian, auch wenn ich im Schloss anders betitelt werde, so muss ich euch gestehen, eure Schönheit und Lieblichkeit berührt mich zwar, sie schmeichelt dem Auge, denn nie zuvor bin ich einem so makellosen, aufreizenden Geschöpf wie euch ansichtig geworden, sollt ihr wissen, aber mich könnt ihr nicht betören, man hat aus gutem Grund, mich gesendet".

„Ah – ja ich habe euch schon recht verstanden, ihr mögt lieber Männer, bevorzugt junge hübsche Knaben für die lustvollen Stunden im Schlafgemach oder wo immer ihr es treiben mögt, na und, soll doch ein jeder so wie er mag glücklich werden, ihr seid viel zu schön und zu eitel für einen Mann".

„Ihr verachtet mich also nicht, speit nicht vor mir aus und spottet nicht meiner?"

„Gott bewahre, was kümmern mich eure Vorlieben und schon gar nicht eure Bettgeschichten!"

„Ich bin erstaunt, ihr redet so, um nicht zu sagen, schamlos wie – nun ja - wie eine Französin, die ihr ja wohl in Wirklichkeit seid".

„Ihr täuscht euch, ich bin eine deutsche Frau, wie ich schon sagte, komme ich aus dem Osten Deutschlands, dort wo die Wiege, der Ursprung der gräflichen Sippe, eurer und unserer Vorfahren liegt!"

„Nein, da seid ihr einem Irrtum erlegen, unsere Sippe hat hier ihren Ursprung im Schloss meiner Vorväter seit Ende 11 Hundert".

„Wie – was behauptet ihr da?"

„Ja, wenn ich es doch sage, meine Urväter haben das Schloss

auf den Grundmauern der alten Burg aufgebaut, also etwa um 14 Hundert wiedererrichtet, mein Großvater berichtete davon, ich weis es ganz genau!"

„Mein alter Herr allerdings, scheint seines Verstandes verlustig, er erzählt wirres Zeug, von einem unsterblichen Vorfahren, der in unserem Gemäuer in hellen Mondnächten sein Unwesen treiben soll".

„Ich verstehe, ein Schlossgeist, also werde ich das mysteriöse Spuckgespenst bald von Angesicht erleben?"

„Lacht mich nicht aus, denn auch ich bin ihm schon begegnet, er ist äußerst brutal und skrupellos, setzt sich über alle bestehenden Regeln und Konventionen hinweg, ".

„Ich habe ihn lachen gehört, ein schauerliches, böses Lachen, er macht sich über uns lustig, ergötzt sich an unserer Angst, gebe Gott das ihr ihm nie begegnet, denn er ist ein Barbar, ein Verbrecher der übelsten Sorte, der Teufel in Person".

„Ein verkleideter Witzbold also", warf ich belustigt ein.

„Ach ihr wollt nur artig Konversation betreiben, mich unterhalten und vergnügen".

„Nein – ja, ihr solltet mir aber mehr Glauben schenken, ebenso will ich euch vor meinem Bruder warnen, vor dem solltet ihr euch gleichfalls in Acht nehmen, der ist ein rechter Schwerenöter, ein Herzensbrecher, der immer sein Ziel erreicht!"

„Ach ja?", „na der Gute wird bei mir auf Granit beißen, er dauert mich schon heute!", entgegnete ich schmunzelnd.

„Das denkt ihr jetzt, wenn ihr ihn erst seht, werdet auch ihr weiche Knie bekommen und dahin schmelzen, der weis seinen Charme einzusetzen!", erwiderte er ernsthaft.

„Ach wie interessant, ich brenne schon jetzt darauf ihm die entsprechenden Benimmregeln beizubringen und ihn in seine Schranken zu weisen!"

„Nun verratet mir endlich, wo geht die Reise denn hin?"

„Oh es ist eine weite Strecke die wir noch vor uns haben, zunächst müssen wir die unwegsame Berglandschaft überwinden, wenn wir erst Andorra passiert und hinter uns gelassen haben, geht es gemächlich weiter".

„Über Limoux, Nîmes, Avignon und Montemar, wenn wir dann Grenoble erreicht haben, ist es nicht mehr weit, Albertville, am Fuße der Alpen ist unser grobes Ziel".

„Oh, dort ist es wunderschön im Frühling, es wird euch sehr gefallen!"

„Du machst mich neugierig Sebastian, auch hier ist es im Frühling schön!", bemerkte ich schläfrig.

Ein romantischer Zauber lag über dem Land.

Zu dieser Jahreszeit übersah man die schlechten, mit Schlaglöchern gespickten Wege.

Unser Gefährt holperte unermüdlich über die unebenen Fahrwege, wir wurden kräftig durcheinandergeschüttelt.

Das verlockende, unbekannte Ziel vor Augen, ließ mich für eine Zeit, meine Kümmernisse vergessen.

„Weck mich, wenn wir Andorra erreichen, auch Nîmes und Avignon, möchte ich nicht verpassen zu sehen!", bat ich ihn und kuschelte mich behaglich in den gepolsterten Sitz, um mir mit Dösen die Zeit zu verkürzen.

„Ihr habt eine falsche Vorstellung von der Entfernung Cousinchen", entgegnete er lachend, „ich bin schon froh, wenn wir heute noch dieses verdammte Gebirge endlich überwinden und eine menschenwürdige Herberge ohne Läuse und Wanzen finden".

„Ach wie dumm von mir", murmelte ich herzhaft gähnend im Halbschlaf.

Mein Schicksal ist gar nicht so aussichtslos, im Grafenschloss, wo immer es sich auch befindet, würde mich mein Liebster sicher schon finden, dachte ich noch, bevor ich im Land der Träume eintauchte.

Mich träumte: Er löste sich aus dem Schatten der Bäume. Ich sah ihn ganz genau, erkannte ihn, er war es, mein Liebster, ich begann zu laufen, stolperte und fiel, doch ich war nicht fähig mich zu erheben.

Dort stand er mit ausgebreiteten Armen, aber es war nicht sein Gesicht, eine verzerrte Totenmaske grinste mir entgegen. „Gaston, du lebst?"

„Ich wollte dich nicht verlassen, man hat mich aus dem Haus gejagt!", stammelte ich hilflos.

„Verrecke - du nichtswürdige Kreatur, du hast mir nur Unglück gebracht!", sprach er hämisch mit Günters Stimme, wendete sich um und entschwand meinen Blicken. Nur das das Rauschen des Windes in den Baumkronen, blieb mir im Kopf haften.

Ein Sturm hatte sich aufgetan, schaukelte die Kutsche bedrohlich auf dem schmalen hohen Bergpass. Aus meinen Träumen gerissen, schaute ich mich verwirrt um.

„Ängstigt euch nicht, uns wird nichts geschehen, der Sturm kann uns nichts anhaben, die Kutsche ist zu schwer!"
Erschrocken sah ich die Bäume sich wiegen, vernahm das zischende Brausen der Elemente.

„Fahr er nur weiter Johann, treib die Pferde an, wir müssen hinunter ins Tal, dort haben wir Schutz vor dem Wind".
Doch es war zu spät. Eine wilde Böe hatte uns erfasst und warf die Kutsche wie ein kleines Spielzeug um. Wir wurden durcheinander geschleudert und landeten krachend zwischen den beiden Dienern im Nirgendwo.

„Oh Gott, auch das noch, seid ihr am Leben Kleine, seid ihr unversehrt?"

„Puh – ja ich lebe noch, aber was wird nun?", prustete ich und arbeitete mich benommen aus dem Wirrwarr von Leibern.

Der Sturm pfiff mir erbarmungslos ins Gesicht, als es einen der wackeren Diener gelang, die Tür zu öffnen und mir aus meiner misslichen Lage zu verhelfen.

Ich glättete meine Röcke, bevor ich mit einem kühnen Sprung den verwüsteten Waldboden erreichte, gefolgt von Sebastian und einem Diener, der andere, lag hilflos eingeklemmt, zwischen herab gestürzten Gepäckstücken begraben.

„Wir müssen ihn herausholen!", keuchte ich und griff nach Sebastians Arm, doch oh Schreck, es war nicht Sebastian, sondern der Diener, auch der hatte sich indessen befreit und stand schnaufend hinter mir. Irritiert sah ich von einem zum andern.

„Wo ist Sebastian…ich dachte er wäre schon draußen!" Panikergriffen, kletterte ich wieder in die Kutsche, die sich in verkehrter Lage befand, das war gar nicht so einfach, denn das Holz war nass und glitschig.

Von oben sah ich ihn hilflos eingeklemmt, zwischen gesplitterten Holzfragmenten und Gerümpel, wild mit den Armen fuchteln.

„Oh du lieber Gott Sebastian, was ist dir geschehen", rief ich erschüttert. Schnell, kommt Jungens, wir müssen ihn hier umgehend herausholen, so helft mir doch!"

Es erwies sich als äußerst schwierig, in der, in Schieflage geratenen Kutsche zu arbeiten. Nach endlos langer Zeit, wie es mir schien, gelang es uns schließlich, den armen eingequetschten, stöhnenden Pechvogel zu befreien.

Zu allem Überfluss, hatte nun auch noch ein Platzregen eingesetzt.

In fieberhafter Eile, suchte ich in dem Wirrwarr nach Decken und breitete eine auf den feuchten Waldboden aus.

„Legt ihn dort hin, ich muss sehen was er für Blessuren erlitten hat", befahl ich energisch, „versucht indessen den Wagen wieder aufzurichten", fügte ich hinzu.

Während mir der Regen in den Nacken und auf den Rücken prasselte, hockte ich über dem Verletzten und betastete seine Beine.

„Oh je, das Schienbein hat einen bösen Knacks, es ist offenbar gebrochen, aber zum Glück scheint es ein sauberer Bruch und nicht gesplittert zu sein, das kriegen wir wieder hin, hast du sonst noch irgendwo Schmerzen mein Freund?"

„Ich weis nicht genau, alles schmerzt mir!" Jammerte er.

„Ja das sind zum Glück nur Prellungen, wie mir scheint, ich muss jetzt dein Bein schienen, dazu brauche ich"… hektisch sah ich mich in dem Trümmerhaufen, nach geeigneten Holzstücken um und wurde fündig.

Jetzt benötigte ich eine feste Bandage, doch woher nehmen. Die rettende Idee kam mir, als ich meine feuchten Unterkleider an den Beinen kleben spürte.

Ich löste einen Unterrock und riss ihn in breite Streifen.

Ich musste schnell handeln, denn die Dämmerung setzte bereits ein.

Die Männer bemühten sich indessen, laut fluchend die demolierte Kutsche wieder aufzurichten. Gottlob waren es drei, denn der Kutscher packte kräftig mit an. Mit einem lauten krachen setzte sie auf und stand nun wieder auf den Rädern, doch den Schaden, den sie davongetragen hatte, würden wir erst bei Tageslicht erkennen.

Längst war es schwarze Nacht geworden, im Schein einer matten Öllampe arbeiteten wir bis zur völligen Erschöpfung, um ein wenig Platz und Ordnung im Wageninneren zu schaffen.

Triefend vor Nässe, krochen wir in die schützende Unterkunft. Dort kauerten wir bibbernd vor Kälte und Erschöpfung, eng zusammen und verzehrten hungrig den kärglichen Rest Brot und Käse, denn für eine Verköstigung im Wagen, war keine ausreichende Vorsorge getroffen worden.

Das nächste Rasthaus, lag viele Meilen entfernt!

Der folgende Morgen, ließ kaum noch etwas von dem verheerenden Unwetter erkennen.

Die Sonne strahlte wie zum Hohn, als verspotte sie uns, als wäre nichts passiert, doch das Unglück war geschehen.

Der Tag brachte das ganze Dilemma des Unheils ans Licht.

Eines der Pferde war nicht mehr zu retten und musste eingeschläfert werden. Zum Glück hatten wir ein Ersatzpferd, nämlich meinen Hengst, den wir an einem Seil mitgeführt hatten.

Er würde nun zum Einsatz kommen, wenn – wenn die Kutsche wieder fahrtüchtig wäre.

Voller Entsetzen begutachteten wir den Schaden und erkannten bald das ganze Ausmaß der Zerstörung. Jammern und Klagen waren nicht angebracht, es musste gehandelt werden.

Sebastian hockte mit sorgenvollem Gesicht auf einem Baumstumpf und wiegte erschüttert den Kopf.

„Reitet in den nächsten Ort und macht einen Wagenbauer

ausfindig, besorgt auf dem Weg auch Fressalien und"…

„Ich werde mitreiten", unterbrach ich ihn aufgekratzt.

„Das kommt gar nicht in Frage, ihr behindert die Männer nur
in ihrem Handeln, zu tun, was Männer tun müssen, notfalls
auch mit Gewalt sich Gehör verschaffen, ein leichtsinniges,
törichtes Weib ist dabei nur im Wege!", belehrte er mich.

„Ah, ich verstehe was euch vorschwebt, so etwas wie ein
Raubzug mit Waffengewalt!", brauste ich auf.

„Ja verdammt noch einmal, wenn ihr es so auszudrücken
beliebt, das Bergvolk hier, ist störrisch und verschlossen, sie
werden nicht freiwillig"…

„Ihr wollt sie also einschüchtern und zwingen, wenn nötig
mit Waffengewalt, wo möglich einen Hof überfallen und die
kläglichen Überreste aus der Speisekammer an euch bringen,
wie einst die Raubritter!"

„Ihr beliebt zu übertreiben und alles zu dramatisieren
Komtesschen!", versuchte er mich zu bremsen.

„Es bleibt dabei, du wirst sie nicht begleiten".

„Du kannst mich nicht hindern, bah – was willst du denn
dagegen tun?, aber tröste dich - ich weiche der Vernunft,
denn mit derlei Machenschaften will ich nichts zu schaffen
haben!", sagte ich und stemmte kampflustig die Hände auf
die Hüften.

Die Männer gürtelten wichtigtuerisch ihre Waffen und
machten sich zu Pferde auf den Weg.

Wir blieben allein zurück.

„Ich werde nach einem Bach Ausschau halten, ihr könnt
derweilen Kräuter für einen belebenden Tee sammeln und
ein Feuer entfachen, Holz gib es ja genug hier, habt ihr einen

Topf in euren Vorräten?"

„Einen Topf benötigt die Gnädigste, womöglich noch Pfannen und feines Geschirr?", nein, so etwas führen wir nicht mit uns, entfernt euch nicht zu weit, lasst mich nicht so lange allein!", rief er mir hinterher.

In meinem Bestreben etwas Nützliches zu tun, stapfte ich munter drauflos, begegnete einer fetten Ratte, Wildschweinen, sah Kaninchen und prächtige Auerhähne davon flattern, Rehe und Bergziegen ins Gebüsch huschen. Eine Schlaraffenlandschaft, dachte ich, hier könnte man gut überleben.

Bald fand ich einen Bach, in dem sich muntere Forellen tummeln.

Nun war meine Geschicklichkeit gefragt.

Mit meinem Halstuch gelang es mir, nach mehreren Versuchen zwei herrliche Exemplare zu fangen, das nahm eine gewisse Zeit in Anspruch.

Mit meiner Beute begab ich mich auf den Rückweg.

Sebastian war es tatsächlich gelungen, ein Feuer zu entfachen.

„Ich habe ein köstliches Frühstück für uns erbeutet", rief ich freudestrahlend und machte mich mit Eifer daran, die Tierchen auszunehmen.

An einem Stock aufgespießt, brieten wir die willkommenen Leckerbissen und genossen die unerwarteten Köstlichkeiten. So wurde uns die Zeit nicht lang.

„Ihr seid zu unbedarft!", sagte er nach einer Weile, „ihr denkt nicht an die Gefahren, die einer Frau wie euch überall lauern, ein aufmüpfiges, kämpferisches Weib, man muss euch vor euch selber schützen!"

„Ja ich bin nur ein dummes, hilfloses, unnützes Weib, aber ihr müsst doch zugeben, das ich gar nicht so unnütz bin", räumte ich schmunzelnd ein und schleckte meine fettigen Finger ab.

„Ich habe schon so manche ausweglose Situation gemeistert, habe mich ohne männlichen Schutz durchkämpfen müssen, im Gegensatz zu eurem behüteten Dasein, als verwöhntes Bübchen, stets von einer Dienerschar umgeben!"

„Gleichwohl weis ich auch die Annehmlichkeiten im Luxus eines Schlosslebens zu schätzen".

„Oh ja, ich sehne mich bisweilen nach Kultur, prunkvollen Festlichkeiten, Bällen, Tänzen, Musik, kulinarischen Genüssen und geistreichen Unterhaltungen, nach festlichen Roben, galanten Männern mit Stil und erstklassigem weltlichen Benehmen!"

„Ach Gott ja, wie lange schon habe ich das alles entbehren müssen!", murmelte ich, tief aufseufzend, „aber das allein ist es nicht, was ein erfülltes Leben ausmacht!"

„Ihr habt also das Leben auf einem Schloss mit allem Luxus kennen gelernt und genossen, wie ist es aber möglich, das ich euch in solch einer armseligen, Gott verlassenden Gegend aufgetrieben habe?"

„Wie um alles in der Welt, seid ihr dort hingelangt, was hat es damit auf sich?"

„Ach, das ist eine lange, unerfreuliche Geschichte, ich bin gewiss nicht aus freien Stücken in diese triste Einöde gereist!"

„Könnt ihr euch nicht denken, dass man mich gefangen

genommen und verschleppt hat, auf einem herunter gekommenen Hof, wurden mir die niedrigsten Arbeiten aufgezwungen". – „Ich war eine weiße Sklavin".

„Seht, meine Hände sind die einer Dienstmagd, hier schaut, voller Schwielen und Risse!"

„Was sagt ihr da?, aber wie war es euch möglich zu fliehen?"

„Oh du arme Kleine", platzte er heraus, „ich sehe, man hat euch arg geschunden, ich wusste gar nicht, hatte keine Ahnung, was euch angetan wurde!"

„Hätte ich nur früher von eurem Elend erfahren und was euch aufgebürdet wurde, ich hätte alles von dir abwenden können!"

„Nun ist es geschehen und ich habe es unbeschadet überstanden, doch jetzt sitze ich schon wieder in diesem Schlamassel hier, ich bin vom Unglück verfolgt, wie kommen wir wieder hier heraus?"

„Ja wir sitzen ganz schön in der Patsche, wenn ich doch nur etwas dagegen tun könnt, aber ich bin ein Krüppel, zum nichtstun verdammt…was meinst du schöne Fee, werde ich je wieder laufen können?"

„Oh gewiss doch, ich werde mich Deiner annehmen, begib dich nur getrost in meine Hände und lass es dir nicht einfallen, irgendeinen Quacksalber zu Rate zu ziehen, die wollen allesamt nur dein Geld und verstümmeln dich letztendlich".

„Woher weist du, wie man einen Knochenbruch behandelt und richtet?"

„Na ich weis es ganz einfach und noch vieles mehr, von dem du keine Ahnung hast, vertrau auf mich lieber Sebastian, habe Geduld, bis wir im Schloss deiner Vorväter sind, dann erst habe ich die Möglichkeit, dir einen Gipsverband anzupassen!"

„Einen Gipsverband?"

„Ja- ihr werdet doch Gips auftreiben können!"

„Davon habe ich noch nie gehört, du erstaunst mich immer mehr, ich weis nur, dass man Gips für Statuen verwendet!", warf er ein, „du sollst alles bekommen was dein Herz begehrt. Ich werde dich für alles, was du erdulden musstest, entschädigen, sei dessen gewiss, du stehst unter meinem persönlichen Schutz. Wenn wir doch nur erst im Schloss wären!"

„Ja wenn", pflichtete ich ihm bei, „nun bleibt uns nur, geduldig zu warten und auf ein Wunder zu hoffen, doch Wunder kann auch ich nicht vollbringen!"

„Oh wenn mich der Durst nur nicht so plagen würde!", klagte er nach einer Zeit und streckte sich im Grase aus.

„Die Weinflaschen sind alle zu Bruch gegangen oder ausgelaufen, siehe selbst!"

„Ja, aber so haben wir Gefäße für Wasser aus dem Bach, ich werde sogleich eine Erfrischung für uns besorgen!", sagte ich und machte mich umgehend auf den Weg.

„Aber du kannst mich doch nicht schon wieder allein lassen", protestierte er.

„Ich bin gleich wieder zurück", beruhigte ich ihn und lief den Weg entlang den ich schon kannte.

Ich war bestrebt, möglichst frisches, reines Trinkwasser aufzufangen und suchte nach der Quelle. In Betrachtung des Wasserlaufes versunken, bemerkte ich die Gestalt nicht, die

mit dem Prüfen der Fallen beschäftigt, bei meinem
Erscheinen innegehalten und sich nun hinter einem Baum
verborgen hielt.

Eine Elfe, ein Zauberwesen hier in meinem Revier, ich muss
sie einfangen, auf das sie mir Glück bringe, ging es ihm
durch den Kopf.
Er wand sein Seil zu einer Schlaufe und folgte ihr auf dem
Fuße.
Ich hatte indes den sprudelnden Quell gefunden.
Das reinste Quellwasser, freute ich mich und beugte mich,
um die Flaschen zu füllen, als ich plötzlich einen Strick um
mich spürte, ein Ruck und meine Arme waren am Körper
gebunden.
Ich bin gefesselt, gefangen, welcher Unhold…
Entsetzt wendete ich mich um und sah das urige Männlein, es
ging nichts Böses von ihm aus, ja ich glaubte gar, ihn lächeln
zu sehen.
„Was soll das, las mich augenblicklich frei, du Schurke",
brüllte ich in höchstem Zorn.
Er hatte mich eingeholt und stand nun ungläubig glotzend
vor mir.
„Was willst du von mir, lass auf der Stelle das Seil los oder
ich werde dich verhexen und in einen Fisch verwandeln",
fauchte ich wutschnaubend und trat nach ihm.
Er wich erschrocken zurück und murmelte kopfschüttelnd,
unverständliche Worte.
Meine Lage schien aussichtslos, denn er machte keine
Anstalten das Seil zu lösen. So versuchte ich es auf die sanfte

Tour und gab mich fügsam, schien mich zu ergeben, in der Hoffnung, er möge das Seil lösen.

Er aber nickte nur grimmig und zerrte mich wie einen Hund hinter sich her.

Ich aber wollte nicht schon wieder in Gefangenschaft geraten, wollte endlich frei sein.

So setzte ich zu einem markerschütternden Schrei an, der weit in den Wald drang und mir selbst das Blut in den Adern gefrieren ließ.

Doch ich erwartete keine Hilfe, wer sollte mich retten, Sebastian konnte keinen Schritt gehen. Störrisch wehrte ich mich gegen den Zwang, meinem Peiniger zu folgen, doch es nutzte mir nichts, wie ein Ochse trottete ich hinter ihm her.

Warum muss mir das schon wieder passieren, warum immer mir?

„Verflucht seien alle Männer der Welt", wetterte ich verbittert.

Ich stolperte über Wurzeln und fiel. Er wandte sich um und kam, um mir aufzuhelfen, doch er wagte es nicht, mich zu berühren.

Meine überreizten Nerven, gaukelten mir die schlimmsten Bilder vor: Eine Erdgrube ohne Licht und Sonne, als Behausung eine primitive Bude aus Gestrüpp, in die er mich stoßen und über mich herfallen würde.

Ich roch seinen widerlichen Gestank und glaubte ohnmächtig zu werden.

„Nein, nur das nicht", wimmerte ich und kauerte mich zusammen.

Ein Geräusch ließ mich aufhorchen, Pferdegetrappel näherte

sich.

Ein Schuss peitschte durch die Bäume.

Bin ich getroffen? So hat mein Martyrium endlich ein Ende.

„Hier ist sie, ich habe sie gefunden!"

Raue Hände ergriffen mich und rissen mich in die Höhe, ein scharfes Messer durchtrennte meine Fesseln. Starke Arme hoben mich auf einen Pferderücken.

Alles spielte sich in Minutenschnelle ab, ich wusste kaum wie mir geschah.

Im wilden Galopp ging es weiter, Bäume und Büsche huschten an mir vorbei. Am Ende erwartete mich der besorgte Sebastian, erleichtert aufatmend.

„Ihr habt sie also wohlbehalten gefunden, sie ist wieder da, Gott sei es gedankt, man würde mich lynchen, käme ich ohne sie zurück!"

„Was zum Teufel ist dir nun schon wieder zugestoßen Cousinchen, weis Gott, es wird nie langweilig mit dir!"

Erschöpft, zitternd ließ ich mich neben ihm ins Gras fallen und hauchte mit bebender Stimme.

„Ich dachte, das wäre jetzt endgültig das Ende meiner Freiheit, kaum, dass sie begonnen hat!"

„Ach Freiheit, ihr bewertet die Freiheit zu hoch meine Gute, euer Streben sollte es vielmehr sein, gut behütet, beschützt und bestens versorgt zu sein, doch ihr flötet nur von Freiheit!"

„Was ist dir denn nun geschehen?"

„Du kränkst mich, nimmst mich nicht ernst, ich werde nicht mehr mit dir reden", schmollte ich beleidigt, „lass dir alles von deinen Dienern berichten!", fügte ich hinzu.

Enttäuscht und überdrüssig der oberflächlichen Phrasen des egoistischen Schönlings neben mir, streckte ich mich auf der von Farn und Moos gepolsterten Unterlage aus und schloss müde die Augen.

Das Hämmern und Poltern der Männer, die sich an der Kutsche zu schaffen machten, drang wie fernes Donnergrollen in meinen Ohren.

Ich träumte, in einer feuchten, düsteren Grotte herum zu irren, verzweifelt nach dem Ausgang suchend. Ein Windstoß ließ mich auffahren.

Ich erblickte die Sterne über mir. Ich bin frei, kann den Himmel sehen, die frische Waldluft atmen, dachte ich beruhigt.

Das Hämmern der Männer war verstummt. Stattdessen hörte ich sie nun lachen und feixend um ein Lagerfeuer hocken.

Der Platz neben mir war leer, auch Sebastian befand sich zwischen den Dienern am Feuer.

Eine Flasche machte die Runde und sorgte für ausgelassene Stimmung.

Auch mich plagte unerträglicher Durst, wie gerne hätte ich jetzt eine Flasche des frischen Quellwassers griffbereit, denn mir war klar, das die Männer sich an Hochprozentigem labten.

So musste ich mich mit dem erbeuteten Wein begnügen, ich griff eine Flasche und zog mich in die Geborgenheit der Kutsche zurück.

Mich fröstelte, es hatte sich abgekühlt, ich trank den süßen Wein, in kleinen Schlucken, er benebelte meine Sinne und befreite mich von meinem unangenehmen Grübeln und nahm mir gleichsam den Hunger.

Die Geräusche von draußen wirkten beruhigend und ließen mich alsbald wieder in das Land der Träume sinken.

Der Tag erwachte, der dritte Tag meiner Freiheit, dachte ich und fühlte mich dennoch gefangen.

Die Männer kauerten im Tiefschlaf und überboten sich im Chor der unterschiedlichsten Schnarch Töne.

Was würde der neue Tag mir bringen, wann würden wir die Reise fortsetzen können. Ich sehnte mich nach einem Bad und noch mehr, nach einem weichen Bett und frischer Wäsche am Leib, ich fühlte mich unbehaglich, verschwitzt und schmutzig.

Noch war es still, der Vogelgesang vermischte sich mit dem Wind. Sollte ich mich noch einmal an den erfrischenden Bach wagen? Ein verlockender Gedanke.

Ich erhob mich mit lahmen, schmerzenden Gliedern und schickte mich an, die miefige Kutsche zu verlassen. Ein Blick zurück eröffnete mir, das ich nicht allein schon munter war. Sebastian musterte mich mit wachen Augen und hielt mich am Rock fest.

„Versuch es erst gar nicht, du wirst nicht weit kommen!" Brummte er warnend.

„Du wirst mir doch gestatten, mich hinter die Büsche zurück zu ziehen!", knurrte ich ärgerlich.

„So sei es dir erlaubt, aber nur fünf Minuten, dann schicke ich dir einen Diener hinterher", brummt er Zähne knirschend.

Was für ein erbärmliches Leben, ich gerate von einer Gefangenschaft in die Nächste, werde ich nie frei sein?

Von unbändigem Hunger geplagt, suche ich bald wieder die Kutsche auf.

„Ich würde jetzt alles für ein deftiges Frühstück geben!", bemerkte ich.

„Oh, daran soll es nicht mangeln Cousinchen, hier, schaut nur, alles ist zu eurer Zufriedenheit vorbereitet, frisches Brot, würziger Käse und Schinken, geräucherte Forellen, oh und ein süffiger Burgunder", prahlte er und baute die Köstlichkeiten vor mir auf.

„Wein schon vor dem Frühstück!", schmollte ich und fügte mich widerwillig, „so werde ich diese Reise im Rausch verbringen, was ist nun, wann werden wir die Reise fortsetzen können?", fragte ich kauend.

„Nun, der Wagen ist so weit fahrbereit, zunächst ist es unser Ziel, das nächste Rasthaus zu erreichen, von dort aus können wir notfalls einen Boten aussenden, Vater wird dann alles Notwendige veranlassen, aber ich bin guter Hoffnung, das wir die Reise unbeschadet fort führen können!"

„Oh wie schön, du glaubst also, das Gefährt ist wieder fahrtüchtig?", fragte ich hoffnungsvoll.

„So Gott will", entgegnete er.

Die Kutsche setzte sich in Bewegung, endlich ging es weiter. Der Kutscher hatte seinen Platz, hoch oben auf seinem Sitz wieder eingenommen, es ging voran.

Die Pferdchen trabten, die Bäume und Büsche zogen vorbei, die bergige, waldige Landschaft wechselten bald in eine endlose Ebene.

„Ich habe eure Schießeisen gesehen, was sind das für Waffen?"

„Ach, sie sind alt, aber dennoch erfüllen sie noch ihren Zweck", er kramte unter seinem Sitz ein Gewehr hervor.
„Das zum Beispiel ist eine Lunten Muskete, schon fast 30 Jahre alt, aber äußerst wirksam und dies hier ist eine"…
„Ach wie interessant, ich wusste gar nicht, das ihr über so wirksame Schießeisen verfügt!", bemerkte ich leichthin.
„Ja was glaubst du denn, meinst du wir leben noch wie im Mittelalter und hätten nur eine Armbrust und erwehrten uns noch mit Pfeil und Bogen dem Feind?"
„Du bist ja nur eine Frau und hast keine Ahnung von dem wirklichen, harten Leben, den ewigen Kämpfen um den Besitz, Frau und Kind zu schützen!"
„So so, Frau und Kind musst du also beschützen und in den Krieg ziehen, dein kostbares Leben aufs Spiel setzen, in welchem Krieg hast du denn schon gekämpft?"
„Meines Wissens ist der letzte Krieg schon bald 20 Jahre her und es steht auch keiner in Aussicht, damals warst du noch ein kleiner Hosenscheißer!", entgegnete ich spöttisch.
„Und wenn, ein Mann muss immer zum Kämpfen bereit sein, muss stets mit dem Äußersten rechnen", zähle ich auch keine Ehefrau und Kinder mein Eigen, so gilt es doch meine Habe und meine Schwestern vor allem Übel zu bewahren!"
„Ich glaube eher, du sprichst von euren Raubzügen und Überfällen auf wehrlose Bürger, bei denen ihr euch unrechtmäßig an fremdem Eigentum bereichert!", warf ich spöttisch ein.
„Du bist gehässig und zynisch, solche Überfälle wie du sie beschreibst, gehören der Vergangenheit an, davon weiß ich nur aus alten Erzählungen!"

„Oh verzeiht mir, so habe ich mich wohl in dem Jahrhundert geirrt!"

„So ist es, du erscheinst mir recht weltfremd, woher kommst du, du hast mir noch immer nichts von deiner Herkunft erzählt!"

„Ach es ist müßig, davon zu reden, was sagst du, wenn ich behaupte, aus der Zukunft zu kommen?"

„Du bist verrückt, hast vollends den Verstand verloren!", sagte er.

„Nun lass es gut sein, es führt zu nichts, jetzt sind ganz andere Dinge viel wichtiger!", wendete ich die Unterhaltung in eine andere Richtung.

Weiter rumpelte das Gefährt im Schritttempo über holprige Wege.

„Ach es ist so langweilig, wir fahren schon den halben Tag und haben bisher nur ein paar zerstreute Gehöfte gesehen, wie lange mag es noch dauern bis"…

„Du musst dich in Geduld üben, die Strecke zieht sich noch lange hin!"

„Ich möchte ein wenig laufen, meine Beine sind eingeschlafen", begann ich nach einer Weile zu nörgeln.

Lass anhalten, meine Geduld ist zu Ende".

Als Antwort schnaufte er nur schulterzuckend und bedachte mich mit einem bösen Blick.

Wut kochte in mir auf.

„Hast du nicht gehört, anhalten sage ich", bekräftigte ich ungehalten meinen Wunsch und schüttelte seinen Arm.

„Du bist ein kapriziöses, exzentrisches Persönchen!", brauste er auf und beugte seinen Kopf aus dem Fenster.

„Keines von beiden bin ich!", müpfte ich verärgert auf, „vermutlich bin ich nicht so zahm und langweilig wie eure Burgfräulein, die monatelang das Gemäuer nicht verlassen und brav an ihrem Strickrahmen sticheln!"

„Bah – sie weis alles wieder ganz genau und noch besser als ich, wie es bei uns zu geht!"

„Halt er die Pferde an Johann, unserem Gast beliebt es zu lustwandeln!", rief er dem Kutscher zu.

„Aber wir sind gleich da, dort seht, hinter der Biegung, vermute ich das Rasthaus", antwortete der Kutscher.

„Hast du es vernommen? so gib jetzt Ruhe!"

Endlich hielt die Kutsche, die Diener beeilten sich unser weniges Gepäck zu bergen und ins Haus zu schaffen.

Wir wurden als Ehepaar angesehen und bekamen einen bescheidenen Raum zugewiesen.

„Du musst dich leider mit meiner Gegenwart abfinden Cousinchen!", bemerkte mein Reisegefährte spöttisch.

„Ach ich nehme alles gelassen hin, wenn nur das Bett keine Krabbeltierchen beherbergt!", säuselte ich und schlug das Plumeau auf.

Endlich würde ich mich wieder in einem richtigen Bett ausstrecken können. Ungeduldig zerrte ich an meiner verschwitzten Kleidung und entstieg Ihr aufatmend.

Beschämt wendete sich mein Begleiter zur Seite.

„Aber Komtesschen, sollten wir nicht vorher zu Tisch gehen?"

„Wie du meinst, aber gönn mir die Freude, mich vorher zu waschen und umzukleiden".

Kapitel 2:   Das Zauberschloss

Fünf Tage dauerte unsere ermüdende Reise noch an.
Meine Gefühle schwankten zwischen Sorge und Euphorie.
Selbst mein Begleiter, war unterdessen von Unruhe ergriffen,
als sich unsere Fahrt dem Ende zuneigte und er sich in
heimatlichen Gefilden fand.
„Ich kann es gar nicht erwarten, die erstaunten Augen meines
alten Herrn und die meines Bruders zu sehen!", gestand er
mir treuherzig.
Auch mich hatte die Neugierde gepackt, ein Kribbeln zog
durch meinen Körper, als wir uns dem Schloss näherten.
Wie lebt man hier, wie ging man hier mit der Grafenwürde
um, waren sie Vorbilder oder verhasst und verrufen?
Einer der Diener war uns vorausgeschickt worden. So
wussten alle von unserer Ankunft und konnten uns
gebührend empfangen.
Das Erscheinen des Schlosses in der Ferne überraschte mich
sehr, es war ein ungewöhnlich imposanter Anblick.
Das Gemäuer schien an dem Berg zu kleben, in den Felsen
gehauen, gleichermaßen mit ihm verschmolzen, glich es
einer Ritterburg.
„Was sagst du nun, ist es nicht außergewöhnlich?", fragte er
voller Besitzerstolz.
„Ja, so etwas Großes habe ich noch nie gesehen", hauchte ich
ergriffen und starrte wie gebannt auf das Gebilde, das wie

von Riesenhand in den Stein gemeißelt schien.

Im Näherkommen, gewahrte ich auch die vielen Figuren, die sich gleich Miniaturspielzeugen aus dem Bild lösten und zu lebendigen Gestalten erwuchsen.

Wir schritten durch ein Spalier von Dienstboten, an deren Ende die Hauptpersonen unser harrten.

Ein Raunen ging durch die Menge. Ich hatte mich eigens für den Anlass in mein feinstes Gewand gekleidet. Da ich keine ansehnliche Haube besaß, hatte ich meine wilde Mähne mit einem breiten Band gebändigt, doch es gab mehr preis, als es verdeckte.

Ein leichtes Unbehagen überkam mich, als ich die erstaunten Blicke der Verwandten auf mir spürte.

„Das ist sie also", vernahm ich die Stimme eines älteren Herrn, vermutlich das Sippenoberhaupt.

„Willkommen Komtess, tretet näher, lasst euch begrüßen", sagte er förmlich, „ich hoffe, ihr begnügt euch mit unserer bescheidenen Unterkunft", brummte er und zog mich linkisch in seine Arme, um sie sogleich wieder zu lösen, als hätte er sich verbrannt.

Neben ihm trat ein junger Mann auf mich zu, er strahlte nicht nur den gleichen Charme aus wie sein Zwillingsbruder, sein Auftreten war geradezu umwerfend. Er schien unheimlich von sich eingenommen, glaubte sich unwiderstehlich.

Auf mich allerdings, wirkte er eher wie ein dressierter Papagei.

Lässig versuchte er bei meinem Anblick, seine Unsicherheit hinter Posen zu verbergen.

Er trug eine gewaltige schwarze voluminöse Lockenpracht,

eine Perücke, wie ich sogleich erkennen konnte.

Doch er trug sie wie edlen Schmuck, wie eine, mit Diamanten besetzte Krone etwa.

Sein Auftritt glich dem eines Possenreißers, am Hof König Ludwigs - mit übertrieben Posen, wie in kitschigen Filmen dargestellt, sein geckenhafter Aufzug trieb mir Lachtränen in die Augen. Nur mühsam gelang es mir, ein Kichern zu unterdrücken.

Ein Gaukler, eine Faschingsfigur, lebensecht nachgestellt, dachte ich und rief mich zur Ordnung, dem Ernst der Lage angebracht.

Ich musterte ihn amüsiert, was ihn sehr irritierte, aus der Fassung brachte oder gar beleidigte.

üblich. Sein gefälteltes, seidenes Krawattentuch, bauschte sich beim Bücken auf und bedeckte sein Gesicht.

Sein gewinnendes, schmachtendes Lächeln, wich einem unglücklichen, gekränkten Ausdruck.

Er verneigte sich mit dem üblichen Kratzfuß, wie bei Hofe Während ich, mir heftig mit dem Fächer, frische Luft zu wedelnd, bemüht war, meine Belustigung zu unterdrücken und nicht womöglich, laut heraus zu prusten.

Andere Hausbewohner drängten ihn schließlich zur Seite, um mich gleichfalls überschwänglich zu begrüßen. Anschließend wurde zu Tisch gebeten.

Ich hielt Einzug in diesem merkwürdigen Gemäuer, bezog eine Suite, arrangierte mich mit den Damen des Hauses und wurde Teil des Haushaltes.

Ich musste mit ihnen leben, musste mich anpassen und einordnen.

Doch ich wurde zusehends von dem charmanten Bruder belagert, vermochte mich seinen Aufdringlichkeiten kaum zu erwehren. Ich tat nichts, was als aufreizend, hätte angesehen werden können. Ich lebte, bewegte mich in gewohnter Gestik, sprach, lächelte, sagte nicht viel und dennoch war es offenbar zu viel.

Mein hartnäckiger Verehrer, war allem Anschein nach in heißer Liebe zu mir entflammt.

Ich sehnte mich mehr denn je, nach meinem verschollenen Liebsten. Wenn er noch lebt, so wird er mich finden und endlich Heim holen. Heim in eine andere Welt, mit Autos, Fernseher und Computern, Modeboutiquen, Feinschmeckerlokalen oder nur einer Pizza mit viel Tomaten und Käse.

Oh, wie sehr ich Tomaten, Kartoffeln, Paprika und Ananas vermisse, dachte ich oft in schlaflosen Nächten!

Ich sah ihn deutlich vor mir, den gutmütigen großen Kerl, breit wie ein Schrank, furchteinflößend im Zorn gegen Rivalen und dennoch äußerst sensibel und einfühlsam, weltoffen - streitbar.

Ich sah seine schalkhaft blitzenden Augen auf mir ruhen.

Komm meine Liebste, meine Einzige, mein Sonnenschein, mein Leben, komm in meine Arme, an mein Herz. Nichts wird uns trennen.

Ich schluchzte bei den Erinnerungen, an das unbeschreibliche Glücksgefühl, das mich noch immer bei jedem Gedanken an ihm durchströmte.

Nun sind wir so lange schon getrennt, irren auf der Suche nach dem anderen durch das Leben - durch die Zeiten.

Warum kommst du nicht, mich zu holen, ich spüre doch, das du lebst! Wir sind zwei Hälften, die zueinander gehören, nicht lebensfähig allein.

Wie wahr, habe ich in diesen verfluchten Jahren allein, denn gelebt - oder nur überlebt?

Ich werde dich heimholen Liebste, hatte er gesagt.

Heimholen, das hieß in das Jahr 1870 oder war es das Jahr 1890?

Wieviel Zeiten haben wir schon erlebt, von der Urzeit bis in das Jahr 2100, die stete Veränderung der Lebensumstände und Errungenschaften der Zeit, der Menschheit flüchtiges Dasein, auf diesem Planeten verfolgt.

Weiter hatten wir uns nicht vorgewagt in die Zukunft, hatten die Ehrfurcht vor der höheren Macht noch nicht verloren, wollten dem lieben Gott nicht ins Handwerk pfuschen.

So sahen wir es als unsere Passion, niemals in die Vergangenheit einzugreifen, bis auf damals, als wir uns auserkoren glaubten, die verheerende Pestepidemie im Jahre 1650, aufhalten zu müssen. Was sich als großer Fehler erwies und ein böses Ende, nämlich unsere Trennung herbeigeführt hatte.

Wir kannten alle Zeiten, von 16 bis 2100 und hatten uns für die zweite Hälfte von 18 Hundert entschieden.

Die scheinbar friedlichste Zeit auf Gottes Erdboden.

Hier war ich nur ein Gast und würde nie etwas Anderes sein. Das müßige Nichtstun jedoch lag mir nicht, es drängte mich nach einer schöpferischen Beschäftigung.

Ich hatte mich im Kräutergarten ein wenig nützlich gemacht, doch bei dieser Tätigkeit, kam ich mir recht albern vor in meiner zeitgemäßen protzigen Robe. Die langen bauschigen Röcke und das lästige, einengende Mieder, behinderten mich sehr.

Die Kleider waren mir von den weiblichen Bewohnern, den Schwestern der Zwillinge, in gutmütiger Absicht, aufgedrängt worden.

Gelegentlich begleitete mich eines der jungen Mädchen in den ummauerten Garten. Eine andere hatte ein Faible für das Federvieh.

Einige der Hühner hatten sich einen Weg zu den saftig grünen Pflänzchen verschafft und waren über die Kräuterbeete hergefallen, hackten nun an den willkommenen, frischen Trieben.

Die gefräßigen kleinen Biester hatten schon einen enormen Schaden angerichtet, als wir den Garten betraten.

„Wer von euch hat wieder die Pforte aufgelassen, seht nur was die kleinen Monster angerichtet haben", hörte ich die

Komtess, ärgerlich zetern.

„Reg dich nicht so auf, kleine Schwester, ich werde mich ihrer annehmen und sie wieder heraus scheuchen!", vernahm ich nun eine Männerstimme hinter mir.

„Oh Cousinchen, ihr seid hier?, ich habe schon nach euch gesucht, aber was habt ihr hier zu schaffen, ihr verderbt euch eure zarten Hände!"

Er beugte sich nieder, brach eine Rose und übergab sie mir mit strahlenden Augen.

„Eine Rose, für die schönste Rose auf Erden!", säuselte er feierlich und sank vor mir in die Knie. „Meidet mich nicht länger, ich verzehre mich nach euch, ich brenne in heißer Liebe zu Euch, erhört mich endlich".

Eine Déjà-vu, dachte ich einen Augenblick, habe ich das gleiche nicht schon einmal erlebt?

„Ach Bertram, gib es auf, lass es gut sein, ich habe nicht die Absicht dich, noch irgendeinen anderen zu erhören!", entgegnete ich, wendete mich um und lief davon.

Oh je, der Junge glaubt tatsächlich was er sagt, er wird noch seine zahlreichen Liebschaften vernachlässigen und sie womöglich ganz vergessen, fürchte ich, wie soll das nur weitergehen?

Ich hatte mich erstaunlich schnell eingelebt, fühlte mich geborgen in der Gesellschaft der munteren Töchterschar, plauderte und scherzte mit ihnen. Dem griesgrämigen Hausherrn hingegen, ging ich so es mir möglich war, tunlichst aus dem Weg. Doch hatte ich Mühe, mich den steten Nachstellungen von Bertram zu erwehren, der mir ständig auflauerte, mir hinterherschlich und mir unermüdlich

Avancen machte.

Nicht selten flüchtete ich in die Bibliothek, kramte dort nach lesbarer Lektüre, aber auch dort fand er mich bald, setzte sich zu mir und nötigte mich zu einem Gespräch.

„Oh Mademoiselle, wenn unser Schlossgeist erst Eurer Ansichtig wird, dann kann ich für nichts mehr garantieren, der totale Wahn wird augenblicklich Besitz von ihm ergreifen, er wird euch verfallen!"

„Ach, von eurem Schlossgespenst habe ich schon vernommen, ich bin gespannt, seine Bekanntschaft zu machen!", entgegnete ich lachend.

„Ihr seht es als Scherz an, aber wartet nur, eines Nachts wird er euch erscheinen!", mahnte er mich.

„Ja ja, vermutlich wird er mich entführen in die Unterwelt, aber tröstet euch, ich weis mich zu wehren, gebt mir eine wirksame Waffe, die ich unter meinem Bett griffbereit verbergen kann!"

„Ich weis nie ob ihr scherzt oder es Ernst meint", beklagte er sich grimmig.

Eines Abends gesellte sich der alte Graf zu uns.

Er scheuchte den Sohn kurzerhand aus dem Raum und begann mit ernster Miene zu reden.

„Gehe ich Recht in der Annahme, das ihr ein Spross des guten Cousins von mir, weit im Osten von Deutschland seid, wie war noch der Name des werten Verwandten, ah ja, Uhland von Elzen, glaube ich".

„Ein Mann in den besten Jahren, so weis ich auch, das er eine beachtliche Töchterschar besitzt, doch ist mir nicht bekannt das er so eine sagenhaft schöne Brut wie euch, einem König würdig, hervorgebracht hat!"

„Vermutlich hat er euch vor der Welt verborgen gehalten, vor allen unwürdigen Freiern, unter seinem Dach versteckt, um euch für den Richtigen bereit zu halten, ho ho, so ein Schlitzohr!"

„Ich besinne mich an einen Besuch vor Jahren, an einen Stall voller Mädchen, gackernder Hühner gleich, aber sie durften allesamt längst unter der Haube sein – bis auf Euch!"

„Wie ist das möglich, ihr seht aus, als könnte euch kein männliches Wesen, auch nicht ein Hornochse, wie mein Sohn, verschmähen, warum also seid ihr noch ohne Gatten, ihr dürftet doch längst jenseits der Zwanzig und weis Gott alt genug, für eine Vermählung sein!"

„Ja eure Vermutung trifft zu, immer, wenn Gäste eintrafen, wurde ich ohne Erklärung in das Turmzimmer verbannt, als ich älter wurde, aber das hat mich nicht gestört".

„Von dort oben hatte ich eine herrliche Sicht über das Land, ich hatte mich dort eingerichtet, mir mein eigenes Reich geschaffen!", log ich.

„Aber dennoch liebe ich meine Heimat und sehne mich nach meinem See und dem verwunschenen Wald hinter dem Schloss".

„Ihr unterlieg einem Irrtum, solltet ihr glauben, wir würden euch nun in die heimatlichen Gefilde begleiten.

Oh nein, danach steht uns keineswegs der Sinn, im Gegenteil, ihr kommt uns sehr gelegen Komtesschen, als rassige Vollblutstute, edelstem Geblütes, mit dem passenden Hengst verpaart - ist eine göttliche Nachkommenschaft uns gesichert!"

„Meine verstorbene Gattin, Gott hab sie selig, war schwach und kränklich, sie hat mir nur drei mickrige Töchter und einen Charakterschwachen Sohn beschert, um von dieser Missgeburt, die unnütz in den Tag hineinlebt und gar nicht als Mann anzusehen ist, ganz zu schweigen".

„Ein Weib im Männerkörper!"

„Ich habe nur einen Sohn, warum hat mich der Herrgott mit solch einer Schmach gestraft?"

„Ich sollte ihn aus dem Hause jagen, in den Kampf schicken, auf das ein Mann aus ihm werde!", polterte er und schüttelte sich abfällig.

„Ihr werdet nichts dergleichen tun Onkelchen, denn wie ihr schon richtig erkannt habt, steckt der Basti tatsächlich in einem falschen Körper fest!"

„Quält und verspottet ihn nicht länger, denn es ist ein Fehler der Natur, der Schöpfung besser gesagt!"

„Wie? – der Schöpfung", sagt ihr, „wollt ihr Gott lästern, die reine Schöpfungsgeschichte des Herrn anzweifeln!", rief er streitlustig aus.

„Oh verzeiht, ich wusste nicht, das ihr so gottesfürchtig seid Gnädigster!", bemerkte ich spöttisch.

„Ja jetzt, da er schon kurz vor dem Höllentor steht, entsinnt er sich des lieben Gottes, denn es ängstigt ihn, für ewig im Höllenfeuer schmoren zu müssen, dem alten Sünder!", meldete sich der so verschmähte Sohn grinsend, der leise eingetreten war.

„Halts Maul du Hundsfott, du Lästermaul!", fuhr der Graf entrüstet auf, ging mit geballten Fäusten drohend auf den Sohn los und scheuchte ihn wutschnaubend aus dem Raum.

„Also ich muss schon sagen, euer Betragen lässt zu wünschen übrig!", tadelte ich das Familienoberhaupt, kopfschüttelnd.

„Ich darf mich aber noch frei bewegen", griff ich die Unterhaltung wieder auf, „oder seht ihr mich als Zuchtstute, deren ganze Pflicht, einzig darin besteht, den Hengst heiß zu machen, ihn zur Paarung zu reizen, seinen Samen aufzunehmen, ihn pflegen, auszutragen und jährlich seine Brut zu gebären, seht ihr mich so, antwortet oder hat es euch die Sprache verschlagen? Jetzt sagt ihr gar nichts mehr, glotzt nur blöd wie ein Ochse, ihr seid ein armes Würstchen, ohne Gefühle und Anstand, wisst ihr nichts von dem Eigentlichen, dem Reinen und Schönen, was das Leben ausmacht!"

„Ihr dauert mich zutiefst, habt ihr nie von der Liebe gehört, Kameradschaft, Seelenverwandtschaft, Hingebung und Treue? Ihr wisst offenbar nur von Trieben, Paarung und reicher Nachkommenschaft, kennt nicht die Leidenschaft, Sehnsucht und Herzklopfen bis zum Hals, Schmetterlinge im Bauch, habt ihr nie dergleichen verspürt?"

Ach was rede ich, vermutlich sind das alles Fremdwörter für euch", rief ich leidenschaftlich.

„Ihr schockiert mich mit eurer spitzen Zunge, aber ihr täuscht euch, solltet ihr glauben, mich müsstet ihr beglücken, ein Weiberkörper reizt mich schon lange nicht mehr und ist er auch mit so vielen Vorzügen und Reizen ausgestattet wie der Eure".

„Meine Manneskraft, meine Glut ist erloschen, mich lasst ihr kalt, vielmehr sehe ich euch als ein Augen - schmeichelndes Kunstwerk! Oh ja, ich weis wahre Schönheit wohl zu schätzen, ihr seid ein besonderes, einmaliges aeh – es gibt gar keine ausreichenden Worte, um eure Schönheit gebührend auszudrücken Komtesschen, verzeiht mir meine ungeschickte Wortwahl von vorhin.

Ihr habt mich in arge Verlegenheit gebracht, ich wusste mich nicht anders zu wehren, gegen eure Beredtheit!

Ihr seid eine gescheite Frau, ein wenig vulgär und viel zu klug für den leichtsinnigen, albernen Jungen, der euch nachstellt, weil er nur Weiber und Vergnügen im Kopf hat! Ausschweifende Orgien bis in die Mittagsstunden hinein, ich habe es viel zu lange geduldet, schaue weg, erinnere mich dabei an meine besten Jahre, aber da waren die Kinder im Weg, man durfte sich nicht gehen lassen, musste stets ein Vorbild sein, aber die jungen Leute heutzutage"…

„Ach ich verstehe euch, auch ihr wart einmal Jung und voller Flausen im Kopf, ein wilder Bursche, ein ganz Schlimmer!", entgegnete ich schmunzelnd, „nun aber seid ihr alt und verbittert, achtet die Frauen nicht mehr, falls ihr sie jemals als gleichwertig erachtet habt", ergänzte ich spöttisch.

„Was schwätzt ihr da für einen Unsinn!, wie kann eine Frau dem Manne gleich sein, das Weib sei dem Manne untertan, steht schon in der Bibel, bekräftigte er sein Wissen.

So höret, ich hege einen ganz bestimmten Plan, seit ich euer Ansichtig wurde!", fuhr er fort.

„Oh sagt jetzt nicht, ich wäre ein Jungbrunnen für euch und ihr beabsichtigt, mich"…

„Nein – nicht was ihr vermutet, obgleich es doch recht verlockend wäre, euch stets an meiner Seite zu wissen, aber zu viel Nähe ist einem alten Eigenbrötler wie mir, denn doch nicht zuträglich".

„Denn wisset, ich schnarche, grunze und furze wie aus zehn Kanonenrohren ha ha, nein etwas Anderes ist es, was meine Hoffnung schürt".

„Der Junge bereitet mir große Kopfzerbrechen, der Junge, der nicht zum Manne werden will, ihr habt das Zeug, die Waffen, ihn zum Manne zu machen!"

Ich wurde hellhörig, glaubte zunächst, mich verhört zu haben.

„Was wollt ihr nun wirklich von mir?"

„Ah, ich beginne zu verstehen, begrabt euren verwerflichen Plan!"

„Nein, - er muss gelingen!", widersprach er, „denn welcher Mann könnte eurer Lieblichkeit und euren weiblichen Reizen widerstehen".

„Der Bertram und alle anderen Kerle sind berauscht von euch, sind euch hündisch ergeben!"

„Ja das mag wohl sein, aber mit Basti verhält es sich anders, das ist zwecklos, ebenso unmöglich, als würden wir den Bertram mit einem Mann verkuppeln wollen".

„Man kann einen Menschen nicht umpolen, genauso wenig wie eine Lesbe zu einem mannstollen Vamp werden lassen!", warf ich ein.

„Aber warum muss es ausgerechnet der Basti sein?", fragte ich verständnislos.

„Das will ich euch erklären", setzte er sein Vorhaben fort,

„den Bertram hätte ich nicht gern als Nachfolger, der ist zu leichtsinnig, völlig unfähig meine Nachfolge anzutreten, der Basti hingegen, ist strebsam, entschlossen und unbedingt verlässlich, er wäre die bessere Wahl aber, - was ist ein Grafensitz ohne Nachfolger!"

„Er braucht ja nur einen Sohn zu zeugen, eine Ehe auf dem Papier, um den Schein zu wahren!"

„Eure Plicht wäre es nur, einen legitimen Sohn von ihm zu empfangen und zu gebären, ein Erbprinz bester Rasse, mit allen Vorzügen, Körperlich wie auch Geistiger Natur, wenn ich euch so ansehe!"

„Ich soll also als Gebärmaschine fungieren?", „schlagt euch das aus dem Kopf, das ist nicht in meinem Sinne, ich müsste ihn zwingen, ihn nötigen, mich prostituieren, das könnte ich nicht!", begann ich zu stottern.

„Nun übertreibt nicht, das muss euch doch gelingen"…

„Nein, das könnt ihr nicht von mir verlangen, viel lieber möchte ich mit einem richtigen Kerl, mein Schlafgemach teilen und nicht als Versuchskaninchen dienen!", protestierte ich aufgebracht.

„Herrgott, was ist denn schon dabei, ihr braucht doch nur die Schenkel zu öffnen und na ja, gegebenenfalls ein wenig nachhelfen, ihr wisst schon wie!"

„Ihr seid impertinent, ich sollte euch ohrfeigen für eure Unverschämtheit!", und was hätte ich davon?, wenn ich im Gegenzug auf Liebe und Lust verzichten müsste?"

„Oh ihr redet sehr offen über solche schlüpfrigen Angelegenheiten, ihr nennt die Dinge ohne Umschweife beim Namen. Meine verstorbene Gattin hat niemals derartige frivole Dinge ausgesprochen".

„Ja man muss alles bedenken, damit keine Missverständnisse aufkommen", bestätigte ich.

„Keine Bange, es wird keine Missverständnisse geben, alles wird vorher geregelt, die Aufgabe besteht nur darin, einen Abkömmling von Basti auf die Welt zu bringen, danach gestatte ich euch einen Liebhaber eurer Wahl, aber das muss verborgen bleiben! Ihr wollt doch den armen Jungen nicht der Lächerlichkeit preisgeben?"

„Nein natürlich nicht, aber wie lange soll denn diese künstliche Ehe bestehen und wie wollt ihr sichergehen, das es auch wirklich ein genetischer Sohn von Basti wird?"

„Oh, da haben wir schon unsere Methoden".

„Gedenkt ihr etwa mich einzusperren, ich meine für die fragliche Zeit?"

„Nein seid unbesorgt, vielmehr habe ich die Absicht, den Bertold für die gewisse Zeit, auf Reisen zu schicken, der wird euch schnell vergessen und sich anderswo, schadlos halten, aus den Augen aus dem Sinn!"

„Nun, was haltet ihr davon, ihr werdet die unumschränkte Herrin und Landgräfin über alle Güter und das niedere Volk sein, die Herrscherin über einen gewaltigen Besitz, hofiert wie eine Königin, ist das nicht Verlockung genug?"

„Nein, das reizt mich keineswegs, eher wirkt es abschreckend auf mich, denn was hätte ich davon?"

„Was sagt ihr, das reizt euch nicht?", stammelte er verständnislos.

„Ich mache euch ein Angebot, das jedes Frauenherz höherschlagen lässt, das Ziel allerhöchster Fantasien und ihr schlagt es aus, ihr seid launisch und extravertiert, ich kann euch zwingen, euren Willen brechen, euer Hochmut ist gefährlich für euch, ihr wisst nicht welche Mittel"…

„Ach Geschwätz, alles nur dumme aufgeblasene Sprüche von euch, ihr könnt mich nicht erschrecken mit euren Phrasen, wer seid ihr schon, ein Angeber, ein Aufschneider, doch keineswegs ein Ehrenmann, wie ihr mich zu glauben gedenkt.

Ein hinterhältiger Schurke seid ihr allemal", beendete ich meine Tirade.

Er brach in schallendes Gelächter aus.

„Nun, ich würde mich gewiss nicht als frommen Chorknaben bezeichnen, wir stammen nicht von einem hochgeborenen Königsgeschlecht ab, unsere Vorfahren waren Raubritter, brutale gewissenlose Gesellen, dessen bin ich gewiss, unser wildes Blut ist noch nicht abgekühlt".

„So wisset auch, das ich gelegentlich eine Abordnung, direkt aus der Hölle bekomme, der Höllenfürst persönlich sucht mich auf, er benutzt nicht das Hauptportal, nein er bevorzugt die Gruft unter der Folterkammer als Eingang!"

„Oh, dann scheint er tatsächlich direkt der Hölle zu entsteigen unser Hausfreund Luzifer", entgegnete ich unbeeindruckt, „ja ja, ich weis davon, euer Sohn berichtete mir schon von merkwürdigen Spukgestalten", erwiderte ich belustigt.

„So so, meinen Herrn Sohn scheint das ebenfalls zu belustigen, aber er täuscht, sich zu glauben, diese Person wäre nur ein flüchtiges Gespenst, oh nein, es ist viel schlimmer, Sie ist reell aus Fleisch und Blut", behauptete er mit bebender Stimme.

„Ich will euch nicht ängstigen mit Schauergeschichten, doch was ich mit ihm erlebt habe ist ungeheuerlich, hätte ich es nicht selbst erlebt, ich würde es nicht glauben, nehmt euch in acht Komtesschen".

„Wenn er von eurer Anwesenheit hier erfährt, schwebt ihr in höchster Gefahr. Ich muss den Termin für eure Vermählung vorantreiben, er darf euch nicht allein in eurem Schlafgemach antreffen!"

„Ihr glaubt also, er könnte mich entführen in die düstere Unterwelt? Na dann nehme ich lieber das kleinere Übel in Kauf", bemerkte ich schaudernd.

Es wird immer verrückter, wo bin ich hier nur hingeraten, komme ich denn nie zu Ruhe?

Was erwartet mich noch alles, wie kann ich dem allen entgehen? grübelte ich.

Wieder überkam mich das Gefühl der Hilflosigkeit und als letzten Ausweg die Flucht, werde ich mein ganzes Leben auf der Flucht verbringen.

Ich sollte mich besser den Töchtern anschließen, in ihrer Gesellschaft meine Zeit verbringen und die Umgebung erkunden, die Nachbarn aufsuchen und mich mit ihnen anfreunden, wieder Spaß am Leben haben, eine gute Freundschaft konnte mir sehr von Nutzen sein.

Auch sollte ich auf den Haushalt mehr Einfluss nehmen und mein Wissen einbringen, in der Küche wäre es sehr von Nöten. Meine Güte, die Welt geht nicht untern nur, weil…

Ich kuschelte mich in die weichen Kissen, zu neuen Abenteuern bereit.

Morgen, ja morgen werde ich ein neues Leben beginnen!

Tröstete ich mich und versank in den ersehnten Schlaf.

Ein Geräusch muss mich wohl geweckt haben.

Ich war mir sicher, das Licht gelöscht zu haben.

Ein merkwürdiger Geruch hing in der Luft, mir war als spürte ich noch einen Luftzug von etwas Unerklärlichem.

Ich war nicht allein, doch wer oder was war es?

Panisch durchsuchten meine Augen den Raum, doch ich sah nur die tanzenden Schatten, welche der flackernde

Kerzenschein an die Wände zauberte.

Ach meine wirren Träume gaukelten mir wieder einmal etwas vor, tat ich die nächtlichen Empfindungen ab.

Doch ich fand keine Ruhe, irgendetwas war geschehen, was mich am friedlichen Weiterschlafen hinderte. Ich sehnte den hellen Tag herbei.

Ein Schauer des Bösen, des unverständlichem Mystischen, hatte mich erfasst. Eine eiserne Hand ergriff nach meinem Herzen.

Die ersten Sonnenstrahlen trieben mich aus dem Bett. Heute freute ich mich schon auf die muntere Gesellschaft der albernen Töchter und Söhne. Selbst der mürrische alte Graf der am Tischende lustlos seinen Brei löffelte und mir nur ein kurzes Nicken des Kopfes zukommen ließ, war mir heute willkommen.

Ich drängte die Mädels zu einem Ausritt um den herrlichen Frühlingstag in der erwachenden Natur gebührend genießen zu können.

Ich hatte mit Einwänden des fülligen ältesten der Mädchen gerechnet und so kam es auch.

„Ich bin nicht geschaffen, auf einem Pferd zu reiten, das bringt mir keinen Spaß!", nörgelte sie, „auf meine Gesellschaft müsst ihr verzichten!"

„Ich werde euch auch sagen warum Cousinchen, nehmt es mir nicht übel. Ihr seid zwar wohlgestalten und üppig, aber eindeutig zu fett, schwabbelig und unappetitlich. Also, wenn ich ein Mann wäre, ich zöge festes Fleisch vor!

Ihr hofft doch schon lange auf einen stattlichen Bräutigam", fügte ich besänftigend hinzu.

„Oh wie gemein ihr seid!", rief sie weinerlich und wollte beleidigt davonlaufen.

„So bleib doch hier, du dummes Gänschen und höre auf meinen Rat, ich will dir doch nichts Böses, ich bin deine Freundin. Komm Kleine, vertrau mir, wir werden eine passable, reizende Maid aus dir machen!. Ein scharfer Galopp auf dem Pferderücken, dürfte deiner Verdauung zuträglich sein!"

„Gerhard, sattele vier Pferde!", rief ich dem wartenden Stallknecht zu und zog die Widerstrebende mit mir.

„Ich werde nie so grazil und engelhaft aussehen wie ihr!"

„Ach das sollst du auch gar nicht, auch du hast deinen eigenen Reiz", entgegnete ich.

Wir galoppierten zügig bis an das angrenzende Wäldchen, dort legten wir eine Rast ein.

„Wisst ihr auch von dem Poltergeist, der hier in mondhellen Nächten sein Unwesen treiben soll?", begann ich das Gespräch.

„Ja wir alle wissen davon, es ist gruselig, man hört die Dielen knarren, als wenn Schränke verrückt werden, Türen quietschen und schwere Schritte".

„Er kommt meistens nicht allein, manchmal klingt es, als trample eine ganze Armee durch die Flure, ich glaube er benutzt unser Haus, um von der alten Zeit in die Unsere zu gelangen!"

„Das ist ja unglaublich, ja aber habt ihr ihn denn schon mal gesehen, wie sieht er aus?", fragte ich, hellhörig geworden.

„Er soll wüst und erschreckend aussehen, sagt der Vater, er hat uns eindringlich geraten, unsere Schlafkammer gut zu verriegeln!"

„Ja schön und gut, aber wisst ihr denn, wo er herkommt?", bohrte ich weiter.

„Vater sagt, er kommt aus der Unterwelt, aus einer anderen Zeit".

„Aus einer anderen Zeit?", fragte ich verblüfft, „aus welcher Zeit, etwa aus der Zukunft?"

„Nein, der kommt aus der Vergangenheit", klärte mich Isolde, die Jüngste der Töchter auf.

„So so, aus der Vergangenheit also, aber wie soll das

möglich sein?"

„Das wissen wie auch nicht, Vater meint, das hängt mit dem Aufbau des Schlosses, auf den Grundmauern, den Überresten der alten Burg zusammen, ist es nicht so?", fragte sie an die Schwestern gewandt.

Diese zuckten nur mit den Schultern, ich sah, das unangenehme Thema behagte ihnen nicht.

Ich aber war infiziert, wollte nun so viel wie möglich, über die mystischen Geschehnisse erfahren. Ein Körnchen Wahrheit steckt in allen alten Legenden.

So suchte ich des Abends den alten Grafen in seinem Boudoir auf.

„Oh welch unerwarteter Besuch, ich bin erfreut über eure Gesellschaft. So macht mir die Freude, einen guten Tropfen mit mir zu nehmen. Nun, was führt euch zu mir", eröffnete er das Gespräch.

„Sicher könnt ihr euch denken, das die alten Geschichten mich nicht unberührt lassen", begann ich zögernd.

„Doch ihr spracht von einem Unhold, der skrupellos und grausam sein Ziel verfolgt, welches Ziel verfolgt er denn nun wirklich? Ihr ließt durchblicken, dass er Euch für seine Zwecke, also für seine Schurkereien gewinnen wollte! Was war es, das er vorhatte? So klärt mich doch auf!"

„Ach das ist eine unselige Geschichte, das könnt ihr nicht verstehen, nun ja, um Menschenhandel ging es. Also, ich muss weiter ausholen um es Euch verständlich zu machen".

„So erzählte mein Großvater schon, dass Frauen aus dem Schloss verschwanden, einfach so – sich in Luft auflösten".

„Abends verabschiedeten sie sich wie immer zur Nachtruhe

und morgens war das Bett leer, sie wurden nimmer mehr gesehen!"

„Ach was ihr nicht sagt und die gewissen Damen haben vorsorglich ihr Gepäck mitgenommen, liege ich richtig?"

„Ja richtig, es fehlten tatsächlich ein paar Kleider!", räumte er ein.

„Interessant, ihr meint also, sie alle sind entführt worden, hat es sich denn gelohnt?"

„Ich verstehe nicht, wie meinen Komtesschen?"

„Ich meine, waren es ausnehmend schöne, attraktive Frauen, die sich der Kidnapper geschnappt hat?"

„Also ich -aeh ich weis nicht, aber wie ich sehe, scheint euch die ganze Angelegenheit zu amüsieren!", erboste er sich.

„Nein – Gott bewahre nein, ich stelle mir nur vor, wie er mit der besagten Dame auf der Schulter…"

„Ihr lasst es am nötigen Ernst fehlen, vielmehr solltet ihr euch vor dem Schurken fürchten und auf der Hut sein".

„Ja doch, ich werde achtgeben, aber so schnell kann mich nichts erschüttern und aus der Ruhe bringen", entgegnete ich leichthin, es reizte mich, ihn zu provozieren.

In Wahrheit gruselte es mich sehr wohl vor dem Unhold. Gleichwohl wollte ich die düstere Atmosphäre ein wenig auflockern.

Der Brandy hatte mich redselig und albern werden lassen.

„Ich muss gestehen, das mir die ganzen Schauergeschichten, doch recht unglaubwürdig erschienen, wir sind doch nicht mehr im Mittelalter, als die Menschen noch an Geister glaubten".

„Das zu glauben ist gar nicht mal so abwegig!", warf er ein.

„Habt ihr schon mal daran gedacht, das es alle Zeiten gleichermaßen geben kann? Nein - natürlich nicht, solche Gedanken streifen euch nicht, ihr Weiber lebt nur in den Tag hinein, ohne zu überlegen!", brummte er und musterte mich abwertend.

„Ha – da täuscht ihr euch gewaltig in mir, wenn ihr meint ein naives Dummerchen vor euch zu haben, denn ich selbst habe schon viele Jahrhunderte erlebt, so wisset, ich zum Beispiel, komme aus der Zukunft", verplapperte ich mich.

„Was faselt ihr da für einen Unsinn, ich glaube euch ist der Alkohol zu Kopf gestiegen, ihr solltet zu Bett gehen und euren Rausch ausschlafen, kommt, ich bringe euch in eure Kammer, ich werde euren ketzerischen Äußerungen keinen Wert beimessen!"

Warum musste ich das jetzt sagen? schalt ich mich später und zog die Decke über mich. Zumindest weis ich jetzt genug und kann mir ein Bild machen.

Wenn doch nur mein Liebster bald käme um mich zu holen, waren meine letzten Gedanken, ehe ich in Tiefschlaf versank. Doch ich wartete vergebens.

Der Frühling wechselte in einen heißen Sommer.
Bastian ließ die Vorhaben das alten Grafen ruhig über sich ergehen.

„Es stört mich nicht, dich als Ehefrau vorzeigen zu können. Ich sehe deine Schönheit, du erfreust das Auge, du schmeichelst meiner Person", sagte er eines morgens spöttisch grinsend.

„Aber das besagt noch nicht, das ich aeh – das wir auch –

also ich meine…" begann er nervös zu stottern und lief rot, bis in die Haarspitzen an.

„Mein Wunsch ist es gewiss nicht, das Schlaflager mit dir zu teilen, viel lieber wäre mir ein richtiger Kerl", entgegnete ich beleidigt.

Meine täglichen Erkundungsausritte behielt ich bei. Mittlerweile wagte ich mich in die nächsten Orte vor, auch wenn es nicht gern gesehen wurde. Wer sollte mich hindern? Ich durchstreifte die raue hüglige Landschaft am Fuße der Alpen, mied, wenn möglich die kleinen Ortschaften, denn ich fürchtete die neugierigen Blicke, fürchtete belästigt zu werden.

Gerne hätte ich meine Touren bis an den Genfer See erweitert, dort würde ich mich schon ein wenig heimischer fühlen, wäre meinem Ziel näher. Doch es war zu weit, unerreichbar für einen Tagesausflug zu Pferde für mich. Meine ausgedehnten Streifzüge, langweilten schnell den mir zugewiesenen Begleiter, so das er sich bald schon absetzte und sich bereits im ersten Ort entfernte, doch das blieb unser Geheimnis.

So fühlte ich mich frei und genoss die herrlichen Sommertage, meine letzten in der Freiheit.

Bald würde eine andere Aufgabe auf mich warten.

Eine Rolle, die zu spielen ich gezwungen wurde, aus der ich keinen Ausweg sah.

Nur noch wenige Wochen blieben mir, mit Unbehagen dachte ich an die Frist die mir noch gegeben war.

Der Alte würde unerbittlich dafür Sorge tragen, seinen

teuflischen Plan umzusetzen. Er hatte eigens für mich einen bindenden Vertrag ausgetüftelt, alles sollte gemäß den Sitten des Hochadels stattfinden und ablaufen.

Die ersten Vorbereitungen liefen bereits.

Mich kümmerte es nicht. Als würde es mich nicht betreffen, suchte ich mich der Fesseln zu befreien. Ich wies den besorgten Bräutigam dessen stoische Gelassenheit einer nervösen Unruhe gewichen war ab, mit dem Hinweis:

Alles zu seiner Zeit; entfloh ich dem Gewusel im Hause.

„Lasst sie nur, bald haben ihre Alleingänge ein Ende!" Tröstete der Vater den verstörten Jungen, der mir mit hilflos hängenden Armen auf dem Hof folgte.

„Sei unbesorgt, ich werde mein Versprechen halten!", rief ich lachend, ehe ich mich auf das Pferd schwang und davon preschte.

Was bleibt mir anderes, als mich zu fügen, ich bin nicht in der Position, mich dem Alten zu widersetzen, dachte ich entmutigt, als die Zeit meiner Vermählung immer näher rückte.

Bei Tisch musste ich mir die spöttischen Rügen der Töchter gefallen lassen.

„Was willst du eigentlich, wovor läufst du davon?"

„Sie läuft vor sich selber weg ha ha", lästerte Clotilde die Älteste.

„Unser gutmütiger Bruder dauert mich jetzt schon", fügte die Jüngste gehässig hinzu.

„Willst du nicht die Gästeliste durchsehen meine Gute, das Schloss wird aus allen Nähten platzen, hier schau, sie dir an!"

Unzählige Gäste waren geladen. Ich überflog die Liste und erschrak bei einem Namen der mir ins Auge sprang.

Graf Uhland und seine Söhne waren dort aufgeführt.

Aber ruhte der Graf Uhland nicht schon fast ein Jahr auf dem Meeresgrund?

Und die Söhne, was würden sie bei meinem Anblick preisgeben, würde mein Schwindel auffliegen?

Sei es drum, das wäre zwar sehr peinlich für mich, aber es würde nichts an meiner verflixten Situation ändern.

Der Sommer neigte sich dem Ende zu, der gewisse Tag rückte in greifbare Nähe. Ich sah mich genötigt, meine Ausflüge einzuschränken, denn die Näherrinnen arbeiteten bereits an meinem Hochzeitskleid.

Ich muss für die Anprobe zur Verfügung stehen, wollte ich nicht wie eine Plunschkuh in einem unförmigen Gewand vor den hohen Gästen erscheinen. Nein, mein Ehrgeiz beflügelte mich.

Wenn schon, so wollte ich wie eine Elfe, einer Königin gleich, in Seide und Chiffon einherschreiten.

So ließ ich gelangweilt alles Gezeter, Nadelstiche und Gezerre, geduldig über mich ergehen.

„September", drei Tage noch.

Nach ausführlichen Erklärungen, Seitens des Grafen und des Zeremonienmeisters über den Festtagsablauf, zog ich mich genervt und übermüdet in meine Gemächer zurück.

Du lieber Himmel, wenn es alles nur erst überstanden ist, dachte ich überdrüssig und streckte mich wohlig im Bett aus, wartete auf den betäubenden Schlaf.

Kapitel 5: Von Angesicht zu Angesicht

Zunächst glaubte ich zu träumen, aber da war wieder der eigentümliche Geruch. Alarmiert, fand ich augenblicklich in die Realität zurück.

Kalte Hände strichen über meine Wangen.

Abrupt fuhr ich auf und erblickte ein maskenhaft grinsendes Gesicht über mir. Es war eine Maske, aus der mich zwei stechende Augen anstarrten.

Einem Impuls folgend, wollte ich schreien, beherrschte mich jedoch und brachte nur ein verhaltenes, ungläubiges krächzen hervor.

„Schreit nicht, sonst muss ich Gewalt anwenden, das wäre doch zu schade", vernahm ich eine tiefe Männerstimme.

„Oh Herr im Himmel, noch nie habe ich solch eine liebreizende Maid schauen dürfen, ich bin ergriffen, geblendet von solcher Schönheit!"

„Ach da seid ihr ja endlich, ich werde gewiss nicht schreien, denn ich habe euch schon erwartet, ich habe schon viel von euch gehört!"

„Ihr seid ein ungehobelter Klotz, ein Barbar, warum nur müsst ihr mich stören in meinem Schlaf, warum kommt ihr so spät und dann noch in solch einer lächerlichen Verkleidung?", erboste ich mich zum Schein.

„Oh, ihr entzückt mich mit eurer lebhaften Zunge, fast möchte ich meinen, ihr belustigt euch über mich!"

„Nun ja, ich bin schon recht erstaunt über euer ungebührliches Betragen, arglose Frauen zur nachtschlafender Zeit aufzusuchen, warum behelligt ihr ausgerechnet mich für eure Pläne, stehen euch hier nicht ausreichend Männer zur Verfügung für eure Zwecke?"

„Ach ihr meint die verwöhnten, verhätschelten Knaben, die habe ich noch gar nicht behelligt und in Betracht gezogen. In meiner rauen Welt im Mittelalter, werden echte Männer gebraucht, keine verweichlichen Jünglinge, sie würden bei der ersten Gelegenheit wie Weiber in Ohnmacht fallen, ihr jedoch, scheint aus edlerem Holz geschnitzt".

„Aber was wollt ihr von mir, ich bin nur eine schwache Frau!"

„Euch kommt eine andere Aufgabe zu, ihr werdet mir mein Dasein verschönen!"

„So - glaubt ihr?"

„Ihr müsst – ich lasse euch keine Wahl, so packt euer Bündel, meine Zeit hier ist begrenzt, bald wird es hell, die vielen Knechte im Schloss könnten mich behindern, ich möchte, wenn möglich kein Blutbad anrichten, schließlich seid ihr alle meine Verwandten und zählt zu meiner Sippe! Ich bin Kreuzritter des König Phillips, Georg der Schreckliche genannt, ha ha!"

„So so, - Georg der Schreckliche", wiederholte ich, ein Kichern unterdrückend.

„Mich schreckt ihr nicht, auch wenn ihr glaubt mich zu entführen, so täuscht ihr euch, denn ich werde freiwillig mit euch kommen, ich bin schon gespannt, eure Zeit kennen zu lernen!"

„Ihr weigert euch nicht, zetert und jammert nicht?", fragte er völlig aus der Fassung gebracht.

„Nein warum sollte ich, ihr kommt mir gerade gelegen", entgegnete ich ernsthaft, „wendet euch um, wenn ich mich ankleide!", befahl ich resolut.

Eilig schlüpfte ich in meine Bekleidung, packte hastig meinen Beutel, zog meinen Umhang über Schulter und Kopf und reichte ihm gekünstelt lachend meinen Arm.

Wieder spielte ich eine Rolle, denn in Wahrheit gruselte es mich fürchterlich, es würgte mich in der Kehle, ein Schrei wollte heraus, eine entsetzliche Angst hatte mich ergriffen.

Mein Gott, was geschieht nun mit mir?

Das Bedürfnis laut los zu brüllen, war übermächtig, ich schluckte das Grauen, das in mir aufstieg hinunter und brachte mit brüchiger Stimme hervor:

"So entfernt doch endlich diese lächerliche Maske von eurem Gesicht!"

Er zuckte ungläubig zusammen und riss sich mit einer wütenden Bewegung die scheußliche, lederne Larve vom Gesicht und schleuderte sie von sich, um sie sogleich wieder an sich zu nehmen.

Ich glaubte so etwas wie Enttäuschung in seiner Miene zu lesen, hatte ich ihm doch den Wind aus den Segeln genommen, sich als übermächtiger, kraftstrotzender Übermensch aufführen zu können. Männlich brutal, ein Ritter ohne Furcht und Tadel, der die Frauen nur als unterwürfige, gehorsame, wenn auch nützliche Wesen erachtete.

Nun ergriff er mit eiserner Hand meinen Arm, öffnete die Tür und spähte lauschend in den dunklen Flur.

„Kommt, ich finde den Weg auch im Dunkeln".

Wir stolperten die steinerne Stiege hinunter, durchquerten die Waffen und die sogenannte Folterkammer, die ich schon kannte und mit gemischten Gefühlen durchstöbert hatte, doch weiter hatte ich mich noch nicht vorgewagt.

Nun öffnete er eine quietschende Eisentür und zog mich weiter hinab in die Gruft. Ein modriger Geruch strömte uns entgegen. Hier endete das Gewölbe, doch er rückte einen schweren, steinernen Mauerblock beiseite und machte sich am Fußboden zu schaffen.

Das alles geschah in völliger Dunkelheit. Ich spürte einen Luftzug und glitt an seiner Hand in die Tiefe.

Orientierungslos taumelte ich über Geröll und verweste Kadaver, neben ihm her, tiefer und tiefer, der Weg schien kein Ende zu nehmen, bis er ächzend vor Anstrengung ein letztes Hindernis zur Seite rückte.

„Willkommen in meiner Welt!", brummte er feierlich und faste mich um die Taille.

„Hier beginnt mein Reich, meine Zeit, wir befinden uns nun im Jahre"…

Ein Rauschen in meinen Ohren, nahm mir fast die Sinne, ich hörte ihn wie aus weiter Ferne reden, konnte nicht fassen, was er mir offenbarte, was mir geschah. Erlebe ich das wirklich oder bin ich in einem Traum gefangen, dachte ich benommen. Langsam fand ich die Sprache wieder.

„Ihr behauptet 1189 den Ritterschlag von König Philipp erhalten zu haben, soll das heißen wir befinden uns in so grauer Vorzeit?"

Ein Schauer des Entsetzens lief mir über den Rücken, ich vermochte nicht das Ungeheuerliche auszusprechen.

„Nein, ihr versteht mich falsch, ich lebe seit 1168, doch jetzt haben wir 1352!", klärte er mich auf.

„Ich verstehe nicht", stammelte ich ungläubig, - wollt ihr damit sagen, das ihr fast 200 Jahre alt seid?"

„Ja so ist es!", bestätigte er.

„Aber kein menschliches Wesen wird so alt und ihr scheint kaum älter als 48 Jahre zu sein!"

„Nun – ich bin unsterblich, nur muss ich in diesen düsteren Gemäuern mein Dasein fristen, das hier ist ein zeitloser Raum, wenn ihr versteht was ich meine, noch mit Keinem habe ich darüber sprechen können, denn keiner würde es verstehen!", hob er hervor.

„Oh das verstehe ich nur zu gut", warf ich ein, "denn auch ich fiebere schon eine halbe Ewigkeit von einem zeitlosen Raum einer Höhle, einem Zeitkanal, den zu erreichen, ich so lange schon vergeblich versuche. Ich bin sehr einsam auf dem Weg in meine Heimat".

„Ja auch ich bin sehr einsam, all meine Brüder, Vettern, Kinder und Frauen sind längst schon gestorben und wieder zu Erde geworden, keiner kann meine entsetzliche Einsamkeit nachvollziehen, so irre ich ruhelos umher, auf der Suche nach einer verständnisvollen Partnerin!"

„Oh das kenne ich, das alles habe ich auch erlebt, damals, als ich aus dem Jahre 2050 kam!"

„Was sagt ihr?" „250, das sind weit über 1000 Jahre!", sagte er ungläubig und starrte mich verständnislos an.

„Nein ihr täuscht euch!", stellte ich richtig, „ich meinte nicht das Jahr zweihundertfünfzig, viel mehr rede ich von dem Jahr 2050!"

„Bah – wie soll das möglich sein?"

„Ganz einfach, ihr kommt aus der Vergangenheit und ich aus der Zukunft und wir treffen uns in der Mitte, zwei einsame Seelen aus unterschiedlichen Zeiten, treffen aufeinander, wenngleich mir meine Zeit lieber wäre!", fügte ich hinzu.

Verwirrt zog er mich weiter durch die endlosen Katakomben, öffnete eine letzte schwere, knarrende Eisentür und schob mich hindurch.

Licht, endlich Licht und frische Luft.

Ich sah Büsche und Bäume im Mondschein, sah den Sternenhimmel über uns und atmete erleichtert auf.

„Das muss ich erst einmal verdauen, was ihr mir soeben

eröffnet habt, wenn das alles stimmt! Oh Gott das ist ja"…
ihm fehlten die Worte, weiter zu reden.

Ich musterte ihn mitleidig, sein Gesicht war zu einer
steinernen Maske erstarrt. Er lehnte an der Wand und
schnappte keuchend nach Luft.

„Ich glaubte eine unbescholtene, naive Jungfer zu entführen
und nun erweist sie sich, als besserwisserische Xanthippe!",
knurrte er, kalkweiß im Gesicht.

„Ich mag zwar nicht gerade naiv und jungfraulich sein, aber
als eine Xanthippe, möchte ich mich gerade bezeichnen, ihr
beleidigt mich, ich sollte euch Ohrfeigen", sprühte ich zornig
und hob meine Hand.

„Ihr wagt es mich zu schlagen, wie einen dummen Bengel,
mich den Fürsten der Dunkelheit?"

„Oh verzeiht Hoheit, ich habe versäumt mein Knie vor euch
zu beugen, ich wusste nicht das ihr ein Fürst seid und wenn,
so betragt ihr euch wie ein Schurke!", zischte ich böse.

„So beruhigt euch wieder", ergänzte ich und strich ihm
beruhigend über den Arm.

„Ach was soll das ganze unsinnige Geplänkel, es ist wie es
ist!"

„Ich bin ganz einfach aus der Zeit gefallen und zu allem Übel
auch noch hier gelandet, müde und unendlich traurig, zu
allem Überfluss beschimpft ihr mich auch noch!", sagte ich
mit bebender Stimme, brach in Tränen aus und sackte
zusammen.

Ich fand mich auf einem weich gepolsterten Lager wieder, in
warme Felldecken gehüllt.

Ein schales Lämpchen spendete notdürftiges Licht.

Es roch nach Fäulnis und Verwesung.

War das sein Reich, seine Behausung? Eine Grotte in stinkenden, feuchten, dicken, grauen Mauern, düster und ohne Sonnenlicht. Eine Reise in die Verdammnis, tief ins Herz der Finsternis.

Nein, hier wollte ich nicht leben, keinen Tag! Verzweifelt warf ich die Decken von mir und tippelte barfüßig über den kalten Steinboden zur Tür. Sie war nicht verschlossen, wohin sollte ich gehen?

Wild sah ich mich im Raum um und entdeckte meinen Ritter, schlafend in einer Nische.

Ich eilte zu ihm und rüttelte ihn wach.

„Ich will raus hier!", rief ich in höchster Panik.

„Wie – was, ja doch, wir werden ausreiten!", murmelte er und zog mich auf sein Lager.

„Nein jetzt auf der Stelle!", beharrte ich nachdrücklich.

„Wie ihr befehlt, nun gut, kleidet euch an!"

„Ihr wollt ein Fürst sein und bietet mir solch ein armseliges, düsteres Gemäuer, was habt ihr euch dabei gedacht?"

„Aber aber, so schlimm ist es doch gar nicht, ich habe keine andere Möglichkeit, müsst ihr verstehen!"

„Aber warum habt ihr mich belogen, ihr seid nichts anderes, als ein erbärmlicher Dieb!", platzte ich heraus.

„So geduldet euch, ich werde euch alles erzählen, auch habe ich euch ein anderes Gemach zugedacht, damit werdet ihr euch begnügen müssen".

„Die Stute ist gutmütig, wie für euch geschaffen", sagte er, als er mich in die Stallungen führte.

Er hob mich auf das Pferd, schwang sich auf seinen Rappen und los ging´s.

Ich war erstaunt, denn ich hatte mir die Umgebung anders vorgestellt, düster und beängstigend.

Doch nun sah ich mich im hellen Sonnenlicht, alles war freundlich und einladend. Die Sonne strahlte zwischen den Bäumen hindurch, wärmte mich, nichts unterschied sich von der anderen Zeit.

Auch meine Vorstellung von einer mittelalterlichen Ritterburg, mit Wehrturm, einer tückischen Zugbrücke über einem tiefen Graben mit wilden Tiere oder fauligem Wasser versehen, gerieten ins wanken, dessen was ich zu sehen bekam.

Diese Burg benötigte keine Wehranlagen, diese Burg war unsichtbar und somit uneinnehmbar, gab sie doch keine Angriffsfläche preis, denn sie bestand ja nur im Berge, in Fels gehauen.

Die größte und furchteinflößendste Bombarde wäre machtlos, könnte hier nichts ausrichten. Der Berg barg hütete und schützte seine Bewohner auf wundersame Weise.

Ein Wald hat immer etwas Mystisches, für alle mit ein wenig Fantasie begabten, doch einen Wald des Mittelalters, glaubte man zwangsläufig, düster und verwunschen.

Nostalgische Vorstellungen, die in unseren Hinterkopf geistern, dachte ich, während ich mich bemühte, meinem Begleiter dicht zu folgen.

„Besteht euer Reich nur aus Wald?", rief ich, doch er schien es nicht zu hören.

Er zügelte sein Pferd und wartete das ich aufrückte.

Ich wollte meine Frage wiederholen, doch sein Blick hielt mich davon ab.

„Ihr duftet wie eine blühende Sommerwiese!", raunte er mir erregt ins Ohr.

„Nun ja, ich stinke nicht so wie ihr, habt ihr denn noch nie gebadet?", entzauberte ich den Moment.

Er zuckte zusammen, ich fürchtete, seinen Zorn sich entladen, doch zu meinem Erstaunen sah ich ein verschmitztes Grinsen, sich in seinem Gesicht ausbreiten.

„Ein Bad soll ich nehmen, wünscht sich die Dame!", sagte er belustigt, spornte seinen Hengst an und galoppierte laut lachend davon.

Ich folgte ihm, bald sah ich in der Ferne einen Teich auftauchen, vor dem er haltmachte, sich unverzüglich seiner Bekleidung entledigte und mit einem kühnen Sprung in das eisige Wasser eintauchte.

Verblüfft sah ich dem Schauspiel zu und dachte gar nicht daran mich abzuwenden, als er nach einiger Zeit prustend, sich wie ein Hund schüttelnd wieder dem Wasser entstieg. Nackt wie Gott ihn erschaffen, war er ein Mann wie jeder andere, zu jeder Zeit, egal ob im Mittelalter oder im Jahre 2000. Mit nassen angeklitschtem Haar, das ihm an Schläfen und am Hals klebte, hätte er mein Günter sein können.

Aber er war es nicht, war ein weit entfernter Urahne vieler Generationen vor ihm, 600 Jahre vor seiner Geburt.

Eine Unglaublich lange Zeit und dennoch trug er die gleichen Gene des teuflischen Vorfahren.

Ich griff nach seinem wollenen Umhang, der so umfangreich war, das er uns später als Decke diente und lief ihm entgegen um seine Blöße zu bedecken.

„Trocknet euch rasch ab. Wie unvernünftig ihr doch seid, ihr werdet euch noch den Tod holen!", schalt ich ihn in gespielter Entrüstung, ein Lachen unterdrückend.

Doch die Septembersonne meinte es gut mit uns, schickte ihre wärmenden Strahlen auf uns.

Wir lagen im Gras und genossen den uns umgebenden Frieden.

Um die Stille zu unterbrechen, fragte ich: „Seid ihr denn nun der Landesfürst oder wollt ihr euch nur großtun?, wo ist denn euer Gefolge, eure Diener und aeh – eure Gespielinnen?"

„Ihr seid ein neugieriges Weibsbild!", begann er zu erzählen: „Ihr sollt wissen, der König hat mir weitreichende Besitztümer und die Herzogwürde verliehen, doch ich begnüge mich mit dem Grafentitel, denn ich selbst könnte die hohe Würde nicht erfüllen und nutzen".

„Aber als Herzog besitzt ihr eine gewaltige Macht, warum habt ihr diesen Deal ausgeschlagen?", entgegnete ich.

„Das will ich euch genau erklären, denn wisset, ich könnte diese Macht nicht gebührend ausüben, denn ich bin auf ewig gebunden an dieses düstere Gemäuer. Meine zahlreichen Söhne sind bis auf die drei jüngsten, längst gestorben oder ausgewandert!"

„Einer zog sogar, weit in den Osten, um sich dort einen neuen Lebensraum aufzubauen. Jeder glaubt nun, dort läge die Wiege unserer Sippe, aber sie ist hier, wie ihr seht! Damals war mir zu Ohren gekommen, das jenes Gebiet in

das mein Sohn gezogen war, schon längere Zeit von einer
wilden Horde attackiert wurde! Sie zogen mordend und
plündernd durch den Osten um möglichst viel Land zu
erobern, sie schändeten Frauen und Kinder, machten aber
keine Gefangenen, denn sie töteten alle die ihnen
entgegentraten! So sah ich mich genötigt, meinem Jungen zur
Hilfe zu kommen und in das Geschehen einzugreifen.
Ich trommelte meine Armee zusammen, die kühnsten
kampferprobten Krieger.
Unser Ziel war es, dem wilden Morden Einhalt zu gebieten
und die brave Bevölkerung von diesem Abschaum zu
befreien!"
„Und, ist es euch gelungen?", wie hieß dieser teuflische
Kriegsherr, das war doch nicht etwa Dschinghis Khan?"
„Ja so ähnlich klang sein Name etwa, ach es ist so lange her,
wohl 150 Jahre. Ich habe schon viel vergessen, kann mich
nicht mehr an alle Namen von damals erinnern, aber jetzt da
ihr es sagt, könnte es so sein, aber woher kennt ihr diesen
Namen?"
„Ich – nun ja, ich habe davon gelesen, er war der
unumschränkte Herrscher damals", bekannte ich unsicher.
„So so, die Dame kann also lesen und wo wollt ihr
desgleichen gelesen haben?"
„In einem Geschichtsbuch, doch erzähl weiter, ich will alles
wissen, wie ist es ausgegangen?"
„Wir kamen zu spät", fuhr er fort, „denn der Besagte hatte
sich indessen mit seinen Truppen, weit in den Osten
zurückgezogen".
„Erzähl mehr von eurem Leben, euren Frauen, sicher habt ihr

viele überlebt!"

„Meine letzte Gattin ist uralt, sie hat ein Biblisches Alter erreicht, doch ich bin jung geblieben. In ihr sehe ich nur noch eine Vertraute, nicht aber eine Gattin. Ebenso meine Zweitfrauen, die ich nie habe zu meinen angetrauten Weibern machen können, solange meine Gemahlin noch lebt!"

„Ich verstehe, ihr wartet also nur auf ihr Ableben?"

„Ja – nein, so wie ihr von mir denkt ist es nicht, also ich ehre und respektiere die alte Greisin, die ich einst geliebt, aber sie ist mir inzwischen eher wie eine Großmutter, denn als eine Gattin, all meine Weiber sind längst verblichen im Laufe der Zeit und deren gab es viele. Auch euch werde ich überleben, wenn ihr nicht willens seid mit mir in meinen Gemächern zu leben!"

„Habt ihr denn schon mal daran gedacht, eure Gruft zu verlassen und wie alle anderen, mit euren Angetrauten in Würde alt zu werden, oder ist euch ein ewiges Leben so viel mehr Wert?"

„So ist es, ich bin im besten Mannesalter und mich gelüstet nach einem jungen Weib, Weiber gibt es überall genug für meine Bedürfnisse!"

„Aber wofür braucht ihr dann mich?", warf ich ein.

„Ich brauche legitime Söhne für mein Erbe, Söhne von einer Ehefrau geboren!"

„Das verstehe ich nicht, eure Sippe hat sich doch längst fortgepflanzt, bis in das 20.Jahrhundert, es gibt unzählige Ableger von euch!"

„Es ist des Mannes Drang, so lange er Saft hat, Nachkommen zu zeugen!", belehrte er mich.

„Ach ich vergaß, ihr aus dem grauen Mittelalter, habt eine andere Auffassung von Familienplanung als wir. Vermutlich liegt das an der hohen Kindersterblichkeit!", murmelte ich.

„Wohl wahr, die Kinder und Müttersterblichkeit ist sehr hoch, deshalb ist es notwendig, unermüdlich aeh – na ihr wisst schon!"

„Oh je, die armen Frauen die so ausgebeutet und zum ständigen Gebären missbraucht werden"…

„Bah. die Frau ist geschaffen zum Kinder kriegen, es ist ihre Mission und Pflicht, was ist daran auszusetzen, seid ihr nicht auch eine Frau, die Mutterschaft sollte euer höchstes Gut sein!", ereiferte er sich.

„So denkt ihr also über die Qualen der Weiblichkeit, das ist ungerecht und unwürdig und keineswegs ein erfülltes Leben. Ihr aber glaubt hingegen, ein ausgefülltes Leben zu führen. Was wisst ihr schon von meinem Leben, es ist sehr wohl ausgefüllt auch ohne Weiber die bisweilen recht lästig sind! Nun genug des Geschwafels, mein Magen knurrt, lasst uns umkehren, meine Gemächer warten auf euren Einzug, ihr werdet staunen!"

„Wo ist denn euer Schloss mit den Luxusgemächern?", fragte ich ungeduldig, als das scheußliche graue Gemäuer wieder vor uns auftauchte.

„Wir stehen davor, ich habe meinen gesamten Hausstand in der Gruft, Speisesaal, Salon, Schlafgemächer, kurz, all mein Besitz steht zu eurer Verfügung, kommt ich führe euch Heim".

Er half mir vom Pferd, reichte mir galant seinen Arm und öffnete die schwere Eisentür.

Habe ich erwartet, ein verwahrlostes Durcheinander von Gerümpel, Kälte und Tristesse vorzufinden, so war ich angenehm überrascht.

Wären da nicht die fehlenden Fenster, so unterschied es sich kaum von dem nobel ausgestatteten Grafenschloss über uns. Ein unbeschreibliches Gefühl der Endgültigkeit bemächtigte sich Meiner. So dicht an dem freien ungezwungenen Leben, den sonnendurchfluteten Räumen hoch über mir und dennoch gefangen, in einer längst vergangenen Zeit zu sein.

Ich hob meinen Blick und stellte mir den gewohnten Tagesablauf im Schloss über mir vor.

Ein Schluchzen entrang sich meiner Kehle.

„Was sagt ihr nun zu meinem Palast, ist er eurer nicht würdig?"

„Unglaublich", bestätigte ich staunend.

Das Mobiliar war kostbar, von höchster Güte und Eleganz. Etlichen Sitz und Liegemöbel mit golddurchwirktem Seidenstoff bezogen. Zierliche Tischchen aus edelstem Holz mit silbernen Schalen und feinen Krügen reich beladenen. Schränke und Vertikos, protzig mit Gold verziert, mit Kelchen und Figuren von unschätzbarem Wert bestückt. Glitzernde Lüstern und unzählige Kerzenständer erregten meine Aufmerksamkeit.

Zwei Diener waren damit beschäftigt, die vielen Leuchter zum Erstrahlen zu bringen.

Ich schnappte nach Luft, konnte nicht glauben was ich sah, ich fühlte mich einen Moment wie am Hofe eines Königs.

„Nun was sagt ihr jetzt, meine schöne Angebetete, hat es euch die Sprache verschlagen?", fragte er stolz wie ein

Schulbub, der sein erstes selbst geschnitztes Kunstwerk präsentierte.

„Das alles gehört euch ebenso wie die gesamte Dienerschaft, hier könnt ihr residieren wie eine Königin".

Er klatschte in die Hände, worauf drei Mädchen mit vollbeladenen, dampfenden Platten erschienen.

„Tragt auf, meine Braut wünscht zu speisen!"

Mit einem knabenhaften Augenzwinkern reichte er mir seinen Arm und führte mich in den angrenzenden Speiseraum.

Ich schwieg ergriffen von solch einer Pracht, doch ich hatte Appetit und griff beherzt nach den angebotenen Gänsekeulen und Wildschweinbraten, ich kostete Wachteln und Hirschragout.

Gesättigt lehnte ich mich zurück.

„Das alles beeindruckt mich sehr, doch ich werde das Gefühl nicht los, das all diese Herrlichkeiten von euren Raubzügen stammen, jetzt weis ich worin der Sinn eures Lebens besteht und woran ihr euch aufgeilt, mein lieber Georg!"

„Aber aber, wer wird denn so undankbar sein!", entgegnete er und lachte dröhnend.

„Ich bin gezwungen so zu leben", fuhr er fort, „nur in diesem Gemäuer kann ich meine Unsterblichkeit erhalten, denn wisset, ich altere außerhalb dieser Mauern. Nur hier steht die Zeit still, denkt darüber nach, denn auch ihr könnt so das ewige Leben erlangen!"

„Ich verzichte gern auf das ewige Leben, auf Unsterblichkeit wie ihr es nennt, ich brauche meine Freiheit, Luft, Licht und die Natur um mich!", sprudelte es aus mir heraus.

„Ich dachte, ihr seid klüger als die anderen Frauen, denn all meine Ehefrauen sind längst gestorben, bis auf die Greisin, meine letzte!"

„Aber was ist das für ein Leben, gefangen in grauen Mauern?"

„Nun, gegen einen Ausritt am Tage ist nichts einzuwenden, zudem seid ihr von allem erdenklichen Luxus umgeben wie in einem Palast. Meine Dienstboten sind angewiesen euch jeden Wunsch zu erfüllen, sie stehen euch stets zu Diensten!"

„Ach was sollen mir die vielen Dienstboten, ich brauche etwas Nützliches zu tun und nicht in den Tag hinein zu leben - veröden zu verblöden, diese Aussichten sind trostlos und erschreckend!"

„Ich denke, das ist nicht euer letztes Wort, ihr werdet euch noch anders besinnen", unterbrach er mich ärgerlich.

„Ich lasse euch noch etwas Zeit euch zu fassen", grummelte er und erhob sich. „Meiner harren noch wichtige Geschäfte, gehabt euch wohl und bereitet euch auf eure Aufgaben vor, Schönste aller Schönen", beendete er die Debatte und verschwand.

Allein gelassen, lief ich wie ein Tiger im Käfig umher, durchmaß den Speisesaal, den Salon, begutachtete die angrenzenden Räumlichkeiten, bestaunte die raffinierte Einteilung.

Die rohen Steinwände waren überwiegend mit schweren Brokatstoffen verhängt, große Fenster hinter sich vortäuschend, jedoch es gab keine Fenster die das Tageslicht einließen.

Das Gefühl eingeschlossen zu sein von der Welt, das wahre

Leben nicht mehr zu spüren, erdrückte mich.

Augenblicklich war ich mir der Tragweite meiner Situation voll bewusst.

Es drängte mich meine Einsamkeit und meinen Frust laut heraus zu schreien, zu wüten und die kostbaren Krüge und Schalen zu zertrümmern, doch was brachte mir das!

Durch einen dunklen Gang erreichte ich das Küchengebäude.

Dort wimmelte es von hektischer Geschäftigkeit.

Verblüfft sah ich die zahlreichen Mägde und Burschen schwatzend und kichernd ihre Arbeit verrichten.

Ein beißender Qualm und unerträgliche Hitze schlug mir entgegen.

Bei meinem Erscheinen verstummten sie abrupt und starrten mir ungläubig, mit offenen Mäulern entgegen. Ein Topf viel scheppernd zu Boden.

„Lasst euch nicht aufhalten, ich bin kein Geist, macht weiter!", belebte ich lachend den eingetretenen Stillstand.

Meine Güte, wie kann man solchen Höllendunst ertragen ohne krank zu werden, ging es mir durch den Kopf.

Ich betrachtete sie mitleidig, ein Haufen bedauernswerter Wesen, alterslos erscheinend in ihren formlosen Lumpen und Hauben das Haar verbergend.

„Wer ist hier der Koch?"

Ein Mädchen oder war es eine alte Frau, trat aus dem Wust hervor, unterwürfig knicksend, wagte sie kaum mich anzusehen.

„Du trägst also die Verantwortung für das Gelingen der Kochkunst?", fragte ich mit sanfter Stimme.

Sie nickte nur und eine hektische Röte verbreitete sich auf

ihrem Gesicht, verlegen trat sie einen Schritt zurück und versuchte sich schamhaft hinter den anderen zu verbergen. Ich griff ein besonders zartes, kindliches Mädel aus der Menge.

„Und du Kleine, wie alt bist du?", fragte ich das Mädchen, welches sich nach dem herunter gefallenen Topf bückte.

„Ich – ich bin schon 12 Jahre, Frau", stammelte sie.

„So so, schon 12 Jahre", murmelte ich fassungslos, „wo wohnst du, - doch nicht etwa hier?"

„Oh nein Frau aeh – Frau Gräfin, ich wohn im Dorf bei meinem Vater und meinen Brüdern. Der Graf lässt uns alle gehen, wenn wir unsere Arbeit verrichtet haben!"

„Wer von euch schläft hier im Hause?"

„Wir dürfen alle nach Hause gehen!", meldete sich eine andere zu Wort.

Ich sah meine Vermutung bestätigt, keiner außer Georg lebte im Haus, außer vielleicht sein treuester Leibdiener.

„Wie heißt du Kleine?", fragte ich die 12-jährige und zog sie zu mir heran.

„Gundel", wisperte sie kaum hörbar.

„Gut Gundel, dich hole ich aus der Küche, „du bist noch nicht kräftig genug für diesen schweren Job, du bist ja noch ein Kind, du solltest noch mit Puppen spielen!"

„Aber der Herr wird mich bestrafen, ich muss ihm dienen und gehorchen, hat mein Vater befohlen!", jammerte sie.

„Das nehme ich auf mich, das soll dich nicht kümmern, von nun an folgst du nur noch mir, als mein persönliches Hausmädchen, du wirst bei mir schlafen und mir in der Frühe beim Ankleiden behilflich sein".

„Des Weiteren, wirst du mich auf all meinen Wegen begleiten", sprach ich freundlich zu ihr.

Wo sollten mich meine Wege schon hinführen, dachte ich, während ich durch den muffigen, nur von einem Öllämpchen beleuchteten Gang zurück schlenderte. Die Kleine tippelte aufgeregt neben mir her. Sie reichte mir gerade bis zur Brust, weis Gott ein Kind eben noch.

Ich werde ihr vieles beibringen müssen, sie in meine Lehre und Obhut nehmen. So sollte sie mir eine echte Hilfe werden. Weiter hoffte ich, durch ihre ständige Gegenwart in meinem Schlafgemach, von eventuellen Nachstellungen und Belästigungen durch Georg verschont zu werden.

Nun galt es, mein eigenes mir zugedachtes Refugium ausfindig zu machen. Auf dem Weg durch das Gewölbe, staunte ich über die Größe der kaum zu erahnenden Räumlichkeiten, welche diese Gruft barg.

Ich stieß auf Türen, welche ich noch nicht geöffnet und erforscht hatte.

Ein Blick hinein genügte um mich zu überzeugen, die richtigen Räume ausfindig gemacht zu haben.

Auf einem imposanten Bett mit Alkoven, fand ich meinen lang ersehnten Reisebeutel, scheinbar unberührt vor.

Erleichtert aufatmend, ließ ich mich auf das Schlaflager sinken, um den Inhalt zu überprüfen.

Diese, meine wenigen Habseligkeiten, waren alles was mir aus meinem bisherigen Leben geblieben waren. Kostbare Relikte aus einer anderen Zeit, befinden sich noch immer im Geheimfach der alten Reisetasche aus dem 21. Jahrhundert, die eigentlich ein Rucksack war.

Mit zitternden Fingern öffnete ich den Reißverschluss, leerte selbstvergessen den Inhalt und betastete meinen wertvollen Schatz.

Eine Taschenlampe, Feuerzeug, eine kleine Kamera, Batterien sowie ein Beutel mit Arzneien, Schmerzmitteln, Heilsalbe, Pflastern, sterile Bandagen und zu meinem größten Erstaunen kullerten mir Ampullen-Penizillin entgegen.

Weiter fand ich noch einige wenige Kosmetikartikel, ein Fläschchen Shampoo, Zahnpasta und ein armseliger Rest eines Deo Stiftes, ein Stückchen Duftseife, Kugelschreiber, ach und mein Vergrößerungsspiegel mit dem Sprung, den hatte ich ganz vergessen.

Des Weiteren gab es noch ein Tütchen Plastikbesteck das vermutlich noch zum Einsatz kommen würde und einen Beutel eingeschweißter Fertigprodukte, sicher nicht mehr genießbar.

In einem anderen Fach, gut verborgen unter dem Boden, wusste ich meine gefälschten Papiere, ausgestellt von dem Grafen Günter, dem hinterhältigen Onkel im Jahre 1880, und den Colt, den ich noch nie benutzt hatte.

Doch mein kostbarstes Gut, waren die Fotos.

In Betrachtung der Bilder versunken, vergaß ich meine Umwelt und erschrak, als ich eine kleine Hand auf meiner Schulter spürte.

„Die hohe Frau hat mich vergessen, was soll ich hier tun?"

„Oh Kleine, du kannst dich dort in der Nische einrichten, lauf und hol deine aeh – dein Gepäck!"

„Ich habe kein Gepäck, nur ein Sonntagskleid", entgegnete

sie.

„Ja Herrgott, dann hol dein Sonntagskleid und sag deiner Mutter das du"…

„Ich habe keine Mutter mehr, die ist schon lange tot".

„Ach du arme Kleine, komm in meine Arme", sagte ich impulsiv und drückte sie an mich, „ich werde dich begleiten, komm genier dich nicht, führe mich zu deiner Familie!" Plötzlich hatte ich große Eile die künstliche Unterwelt zu verlassen.

Als ich die schwere Eisentür öffnete, empfing mich ein lautes Palaver von ausgelassenen Männerstimmen.

„Was meint ihr, was können wir mit unserer Beute herausschlagen?"

„Oh das wird uns ein beachtliches Sümmchen einbringen!", hörte ich eine andere Stimme heraus, die bald im Lärm der vielen Mäuler unterging.

Eine wilde Horde hatte sich vor dem Gemäuer versammelt, noch konnte ich sie nicht sehen.

Von dem Haustor aus, führten die Stufen nicht wie üblich hinab, sondern nach oben. Schritt für Schritt näherte ich mich den ausgelassen grölenden wilden Gesellen.

Mir stockte der Atem, als ich sie nun erblickte.

Nie hätte ich mir solch eine üble Ansammlung wüster Gestalten vorstellen können, doch nicht genug, mitten zwischen ihnen sah ich ihn, umringt von seinen Männern.

Das war also sein rühmliches Gefolge!

Georg der Räuberhauptmann, unerschrocken näherte ich mich der Bande. Nun sah und hörte ich auch ihre laut gepriesene Beute.

Schrille Frauenstimmen in Todesangst eingekreist, hin und her gestoßen von teuflisch, grinsenden Männern.
Erschüttert und angewidert trat ich mutig ins Licht.
Augenblicklich verstummte der Lärm und wechselte in ungläubiges Staunen von „Oh" – und - „Ah" Ausrufen.
Das Überraschungsmoment war perfekt, machte mich mutig und leichtsinnig.
„Was geht hier vor?", brach es aus mir hervor.
Es drängte mich in die Mitte der Horde, dorthin wo der völlig verblüfte Georg stand.
„Das also sind eure wichtigen Geschäfte. Lasst auf der Stelle die armen Frauen gehen!", rief ich herablassend.
Er zuckte erschrocken zusammen. Einen Moment glaubte ich so etwas wie Schuldbewusstsein in seiner Miene zu erkennen, doch er fasste sich schnell wieder.
Sein Gesicht verzog sich zu einer höhnischen Grimasse.
Er musste sein Gesicht und seine Männerwürde, als uneingeschränkter Führer wahren.
„Ich bedauere, eure heile Welt zerstören zu müssen, aber hier herrscht ein anderes Gesetz. Was erdreistet ihr euch, unsere Kreise zu stören, Weib, schert euch in eure Gemächer!"
Er hatte sich in Zorn geredet, sein Gesicht wechselte die Farbe. Er löste sich aus der Menge, packte mich brutal und erhob seine Hand gegen mich.
Ein derber Schlag, und weitere Hiebe trafen mich.
Unter dem Gejohle seiner Männer, erlebte ich die unverzeihliche Schmach, die ich ihm nie vergeben konnte.
„Ihr bringt mich in die Situation euch strafen zu müssen!", brummte er versöhnlich, während er mich mit eisernem Griff

vom Platz zerrte und zurück in das verhasste Gemäuer und in die Diele stieß.

Krachend donnerte die schwere Tür hinter ihm zu, ich hörte den Riegel schließen und war allein.

Ich kochte vor Erniedrigung und Scham.

Wutschnaubend, Ohnmächtig vor Hilflosigkeit, trommelte ich aufgebracht gegen die verschlossene Tür.

Na warte Bürschchen, dachte ich, du willst mehr von mir als ich von dir, so aber wird nichts daraus. Letztendlich wirst du den Kürzeren ziehen, wirst zu Kreuze kriechen und mich anflehen, überlegte ich, doch schnell musste ich meine Niederlage eingestehen.

Am späten Abend kehrte er reumütig zurück, versuchte mich mit Geschenken zu besänftigen.

Er hatte viel getrunken und war in rührseliger Stimmung.

„Ihr müsst mich verstehen", säuselte er. „Ich konnte nicht anders handeln. Verachtet mich nicht, mein Sonnenschein, meine Göttin! Ich werde euch für alle Ungemach entschädigen, euch auf Händen tragen, euch verwöhnen, aber meidet mich nicht. Seht mich wieder an, sprecht mit mir!"

Er spazierte im Raum umher, seine Augen durchbohrten mich.

„Ich brauche euch, ihr erfüllt mein Haus mit Leben", fuhr er fort, als sein Blick auf die Wölbung unter der Decke des Divans in der Nische fiel.

„Wen versteckt ihr hier vor mir?", neugierig trat er an die Schlafstätte des Mädchens und hob die Decke.

„Was soll dieses verlotterte Balg hier in eurem Gemach?", wetterte er unbeherrscht.

„Ihr habt mir gestattet über das Gesinde verfügen zu können", rechtfertigte ich mich. „lasst mir die Kleine, ich bin so allein in dieser fremden Welt!", brachte ich stockend hervor.

„So so, allein seid ihr und was ist mit mir, bin ich niemand?", entrüstete er sich, griff nach mir und schüttelte mich.

„Ihr flößt mir nur Furcht und Abscheu ein, ich ängstige mich vor euch. Ich sehe euch als Teufel vor dem man fliehen möchte, ein Frauenschänder, geht mir aus den Augen, verlasst augenblicklich mein Gemach!"

„Ha – sie glaubt in der Lage zu sein, mich zu maßregeln und mir Befehle zu erteilen, ich bin es nicht gewöhnt von irgendjemand Befehle zu befolgen und von einem Weib schon gar nicht. Obwohl, ihr könntet mich schon schwach werden lassen!", murmelte er mit rauer Stimme.

Er stand über mich gebeugt, sein Gesicht war mir ganz nahe, ich roch seine Alkoholfahne und wendete angewidert meinen Kopf zur Seite.

„Genug jetzt", brauste ich auf, reckte mich empor und stieß ihn mit aller Kraft von mir.

Er torkelte und fing sich wieder.

Blitzschnell sprang ich aus dem Bett, richtete mich hocherhobenen Hauptes vor ihm auf.

„Auch ich bin es nicht gewöhnt Befehle zu empfangen!", zischte ich ihm böse entgegen.

Aus der Zimmerecke drang ein ängstliches Wimmern.

„Ist es das, was euch Genugtuung verschafft, Frauen einzuschüchtern, macht euch das Stark? Wie erbärmlich, so könnt ihr mich nicht gewinnen, ich verachte euch zu tiefst!"

„Oh wie eure Augen funkeln, ihr reizt mich bis aufs Blut, ich könnte euch jetzt mit Gewalt nehmen, aber ich will euch nicht erzürnen".

„Sie verabscheut und verachtet mich", knurrte er gekränkt „Na denn, ich kann warten, sie wird mir gehören für immer und ewig und die Ewigkeit dauert lange!", murmelte er vor sich hin, wendete sich um und ging, die Tür hinter sich zuknallend.

Ich hörte seine Schritte sich entfernen.

Meine überreizten Nerven ließen mich nicht zu Ruhe kommen. Sollte ich für immer hier eingesperrt, mein Leben fristen? Jahr um Jahr bis in alle Ewigkeit!

Diese Aussicht ließ mich erschauern.

Ein bitterböses Spiel welches das Schicksal mit mir trieb. Ich werde mich nicht kampflos ergeben, irgendwann werde ich den Weg in die Freiheit finden.

Wo zum Kuckuck ist diese verdammte Tür, die mich aus der verfluchten Unterwelt wieder ans Licht führen wird.

Die gleichmäßigen Atemzüge meiner kleinen Schutzbefohlenen, verrieten mir das sie sich im Tiefschlaf befand.

Sie konnte mir von großem Nutzen sein.

Nervös kramte ich die Fotos, die mich mit meinem Liebsten zeigten hervor. Meine einzige wahre Liebe.

Oh wie sehnte ich mich nach ihm und dem verlorenen, wirklichen Leben in meiner Zeit 1890. Über 500 Jahre trennen mich von ihm.

Noch immer verspüre ich dieses übermächtige Gefühl, wenn ich an ihn dachte.

Was mag ihm zugestoßen sein, werde ich ihn nie mehr sehe?
Sinnend betrachtete ich die einzigen Überbleibsel, die
Zeugnis gaben, wider des Vergessens. In meinen Händen
erwachten sie zum neuen Leben.
Die feenhafte Frau mit leuchtend blonder Mähne, neben dem
hünenhaften Kerl, mit den schalkhaft blitzenden Augen, ein
Mannsbild das seinesgleichen sucht.
Wieder einmal weinte ich mich in den Schlaf.
Kein Sonnenstrahl weckte mich, völlige Dunkelheit
erdrückte den Raum, als ich von ungeduldigen Händen am
Arm gezupft wurde.
„Herrin, es ist schon später Morgen, der Herr wird uns
zürnen oh – weh mir", weckte mich meine kleine Dienerin.
„Ach was kümmert mich der Herr, mein Herr ist er gewiss
nicht, soll er nur warten, ich werde ihn nicht aufsuchen!"
Sie hatte indessen ein Lämpchen entzündet und half mir mein
Mieder zu schnüren, schloss die vielen Haken und Bänder
meines Kleides und reichte mir den seidenen Umhang.
„Ich werde dir in die Küche folgen, dort werde ich auch mein
Morgenmahl einnehmen", entschloss ich mich.
„Nein das dürft ihr nicht, das schickt sich nicht!", jammerte
sie weinerlich.
„Ach wer sollte es mir verbieten, ich will es so!", beharrte
ich, „und nun gib Ruhe!", fügte ich hinzu.

Es tat mir gut, mich mit der Köchin auszutauschen, hier
konnte ich viel über die gebräuchlichen Lebensmittel und
Speisezubereitung erfahren und mein Wissen nutzbringend
ein bringen.

Doch in der verrauchten Küche ohne Dunstabzug, glaubte ich
bald ersticken zu müssen. Aber war da nicht in der Decke
eine Öffnung? Ein lockerer Stein, der sich verschieben ließ?
Wenn ich eine lange Stange hätte, dachte ich und vergaß es
wieder im Trubel der Hektik die mich umgab. Hier von den
umher wirbelnden Mädchen umgeben fühlte ich mich sicher.
Ich sah es als einzige Möglichkeit, dem Grafen aus dem Weg
zu gehen, denn ich vermutete das er diesen Trakt niemals
aufsuchen würde.

So vergingen die Tage.
Ein neuer Morgen, der fünfte in diesem fensterlosen
Gewölbe. Angesichts der unerträglichen Hitze, verzichtete
ich neuerdings auf meine lästige einzwängende
Unterkleidung und trug nur ein luftiges ärmelloses, leichtes
Kleidchen aus Chiffon.

Ich schickte mich gerade an das Zimmer zu verlassen, als er
plötzlich ohne vorher anzuklopfen im Raum stand.

„Ich musste kommen, euch sehen", brummte er zerknirscht.

„Ihr flüchtet vor mir, verbergt euch und meidet mich wie den
Teufel, aber ich bin auch nur ein Mann mit Gefühlen, ihr
bereitet mir schlaflose Nächte, macht mich krank vor
Verlangen!"

„Was tragt ihr nur für ein merkwürdiges Gewandt?
Ihr erscheint mir wie die Sünde selbst!
So vergesst doch alles was ich gesagt, nur meidet mich nicht
länger, ich gebe nach, ihr sitzt am längeren Hebel!“
„Ich wollte euch zu einem Ausritt abholen, aber kleidet euch
schicklich, meine Männer verlieren sonst bei eurem Anblick
den Verstand!“
„Mein Gott, wie kann ein Wesen so aufreizend schön sein?
Zudem ist es schon recht kühl, bedeckt euer Haar und die
nackten Arme, sonst kann ich für nichts garantieren!“
„Oh ihr überrascht mich“, sagte ich, verwirrt und hüllte mich
in ein wärmendes Umhangtuch mit Kapuze und folgte ihm,
erfreut der Düsternis zu entkommen.
„Hier ist also euer Territorium, eure Residenz“, sagte ich, als
er die Tür hinter uns geschlossen hatte und wies auf die
Mauern die mit dem grauen Berggestein verschmolzen.
Ein bedrückender Anblick zu wissen, in dem fensterlosen
Felsengebilde eingeschlossen, schlafen, essen, - leben zu
müssen.
„Ihr fühlt euch wohl hier unter dem niederen Volk, als wärt
ihr Ihresgleichen“, konnte ich mich nicht enthalten zu sagen.
„Wo sind eure Truppen, wo ist eure Armee edler Ritter?“
„Sie sind meine Ritter, mir treu ergeben, denn sie sind alle
meine Nachkommen, sie folgen mir, als wäre ich der
Allmächtige, in Fleisch und Blut, das ganze Dorf ist mit mir
verwandt, zählt man die vielen Bastarde dazu die aus
meinem Samen entstanden sind“…
„Ich verstehe, ihr lebt also von Raubzügen, Überfällen,
Menschenhandel und Erpressungen, aber das Volk ist arm,

wer sind eure Handelspartner?"

„Wenn ihr es so zu betiteln gedenkt, so einfach ist das nicht, ich sehe es als meine Pflicht und Berufung, meine Nachkommen zu unterstützen und Raubzüge sind ein Mittel zum Zweck!"

„Doch Raubzüge in die neue Zeit sind allemal lohnender, auch benötigten wir frisches Blut zur Auffrischung für unseren Familienclan!"

„Das jedoch ist eine heikle Angelegenheit, denn das kann ich nicht allein bewältigen, das weis keiner besser als ihr, es gibt nur einen einzigen Weg in die neue Zeit!"

Ich nickte beklommen.

„Doch so ein Weib wie ihr, ist mir auch dort noch nicht untergekommen", fuhr er fort, zügelte sein Pferd und verstellte mir den Weg.

Seine durchdringenden Blicke verhießen nichts Gutes.

„Aber mit euch kommt ja auch kein frisches Blut in die Sippe", sinnierte er, „denn auch ihr seid ein Nachkomme von mir, wenn auch vermischt durch viele Generationen!"

„Ihr täuscht euch, wenn ihr glaubt ich wäre ein Ableger des alten Grafen!", warf ich ein.

„Nein das glaube ich nicht, denn ich bin gut unterrichtet, ihr kommt aus dem Hause des Grafen Uhland, also ein direkter Nachkömmling meines Sohnes Harald, welcher sich um 12 Hundert in den Osten aufgemacht hat, um eine neue Sippe zu gründen!"

„Dort hat er ein prächtiges Schloss erbaut, von dem Gold der… „ach das müsst ihr nicht wissen!"

„Ja ihr habt Recht, das will ich nicht wissen, aeh – das alles ist ein wenig verwirrend, aber ihr geht falsch in der Annahme, das ich ein Spross des Grafen sei, so habt ihr nur in einem Punkt recht - ich komme tatsächlich aus dem Osten und das Schloss ist mir wohl bekannt, der Graf Uhland jedoch ist keineswegs mein Erzeuger, denn er ist ja kaum älter als ich, er war vielmehr mein Bräutigam!", eröffnete ich ihm.

„Was behauptet ihr da, die Braut des Grafen Uhland seid ihr, etwa die Ehefrau des Halunken? Aber aeh – was treibt ihr dann allein in dieser Gegend, wo ist euer Gatte?, was tischt ihr mir für Märchen auf, glaubt ihr ich würde euch nun gehen lassen? Nein niemals, ihr kommt mir nicht davon, ihr gehört mir, ich habe euch erbeutet, den Uhland werdet ihr nicht wiedersehen!", bestimmte er und zerrte mich ungestüm vom Pferd.

„Was seid ihr nur für ein Ungeheuer", brauste ich auf und versuchte mich aus seinen Pranken zu befreien.

„Ich weis das ihr kein Ehrenmann seid, ich wusste das ich keinen biederen Chorbruder vor mir hatte, als ich euch folgte. Langweilige Männer öden mich an, ihr jedoch sprengt den Rahmen des erträglichen, ihr seid skrupellos und grausam!"

„Ja so mag ich meinen Feinden erscheinen, ihr aber seid mein Schatz, mein kostbarstes Kleinod. Schenkt mir eure Gunst, euer Herz, seid nicht länger so widerspenstig und ich werde euch schützen und behüten. Alles will ich euch geben, verfügt über mich und mein Reich, ich bin euer ergebener Sklave!", beteuerte er leidenschaftlich, und zog mich in seine Arme, er beugte sich über mich und presste meine Arme auf den Boden. Sein Bart kratzte meine erhitzten Wangen, seine

Lippen streiften meinen Mund.

Jetzt wird er über mich herfallen, dachte ich schaudernd.

„Es fällt mir schwer, dir zu widerstehen, dich keuchen und stöhnen zu hören vor Lust und Ekstase".

„Ja ich will euch alles glauben, nur erdrückt mich nicht, ihr kneift mich, schnürt mir die Luft ab!", säuselte ich heuchlerisch.

„Oh verzeiht mir alles, meine unergründliche Elfe!", raunte er, hob mich hoch und wirbelte mich im Kreise, immer schneller bis wir schwindelig ins Gras fielen.

„Morgen werde ich dich meinem Volk vorführen, alle sollen meine schöne Braut, die schönste Frau auf Gottes Erdboden sehen. Oh wie werden sie staunen und mich beneiden! Ihr werdet es nicht bereuen, nur versprecht mir immer bei mir zu bleiben, bei mir zu leben!"

„Ihr verlangt viel von mir, ich soll also in dem fensterlosen Bunker meine Tage verbringen?"

„Ja nur so bleibt ihr auf ewig jung so wie ich, denn ich könnte es nicht ertragen auch euch, ebenso wie all meine Gattinnen altern zu sehen".

„Aber wäre es denn so schlimm, ich meine, wollt ihr denn ewig leben, das ist doch auf die Dauer langweilig".

„Mit dir wird es gewiss nie langweilig", widersprach er und hob mich auf das grasende Pferd.

„Genug für heute, wir müssen zurück in das schützende Gemäuer, wir dürfen uns nicht zu lange im Freien aufhalten!"

„Soll so auf ewig unser Leben ablaufen, bestehend aus einem gelegentlichen Ausritt".

„Ich ertrage es nicht eingesperrt zu sein, ohne Sonnenlicht, ohne frische Luft und munterer Gesellschaft, dahin zu vegetieren"

„Ach wir werden viel Spaß haben und wenn es euch an Gesellschaft mangelt, werden wir rauschende Feste geben!".

„So so, rauschende Feste wollt ihr veranstalten und wer sollen die illustren Gäste sein?"

.

„Kleidet euch in euer schönstes Gewand meine Königin",
sagte er am nächsten Morgen nach einem ausgiebigen Mahl.
Mein schönstes Gewand war noch immer mein lindgrünes
Kleid welches ich einst im Jahre 2000 im großen
Einkaufscenter erstanden hatte.
Ein Traumgebilde aus Tüll und Chiffon, ein luftiges Etwas
mit Flügelärmelchen und weit schwingendem Rock. Passend
für alle Zeiten, dachte ich immer.
Doch hatte ich damals nicht an eine so weit zurückliegende
Zeit wie diese gedacht.
„Ich warte noch auf eure Antwort!", unterbrach er meine
Überlegungen.
„Ihr habt mich überzeugt, die Vernunft gebietet es mir, mich
zu fügen!", erwiderte ich leichthin, zumal nur ein Gedanke in
meinem Kopf geisterte und mein ganzes Denken beherrschte.
Ich brauchte keinen Berg zu ersteigen, keine gruselige Höhle
durchqueren, nur eine simple Tür finden und passieren.
Oh mein Gott, wo ist nur diese verdammte Tür, die mir den
Zugang in das Kellergewölbe ermöglicht. Die Gruft mit der
Waffen - und anschließender Folterkammer, die mich damals
schaudern ließ, doch nun das erstrebte Ziel all meiner
Wünsche und Sehnsüchte war.
Von ihr führte eine ausgetretene Steintreppe in den
Weinkeller, den Vorratsverschlag für Gemüse aller Art.
Nur wenige Schritte weiter, befand sich die rettende Küche.
Ich sah alles vor mir, oh wie willkommen erschien mir jetzt
dieser Ort.

„Eilt euch, meine Knechte halten schon die Pferde bereit, wir werden einen Triumphzug durch die Gemeinde machen, den keiner je vergessen wird", drängte mich der Graf Georg.

„Ja ja, sagte ich zerstreut, „so lasst mich allein und schickt mir die kleine Leonie!"

Oh je, wozu nur diese Eile, ich hätte die Zeit besser nutzen und nach der Geheimtür suchen sollen, dachte ich, während ich von meiner kleinen eifrigen Zofe, in das enge Mieder eingeschnürt wurde.

„Euer Gewand ist wie aus Sonnenstrahlen gewebt", bemerkte sie staunend, „niemals vorher habe ich dergleichen gesehen, der Herr wird geblendet sein, lasst mich euer Engelshaar flechten Herrin!"

„Ja flechte es nur und dann befestige es mit diesem Tüllhütchen", drängte ich ungeduldig.

„Aber eine Dame trägt keine Kappe wie diese, ihr müsst"…

„Gar nichts muss ich, was kümmert mich eure Mode, ich werde diesen Hut tragen!", beharrte ich energisch.

Als ich die Stufen hinauf schritt, glaubte ich meinen Augen nicht zu trauen.

Nicht zwei Pferde standen gesattelt bereit, nein, eine ganze Reiterstaffel von etwa 12 festlich ausstaffierten Reitern, auf prächtig geschmückten Tieren erwartete mich.

Georg trat mir beflissen entgegen, hob mich auf sein Pferd und gab seinen Männern ein Zeichen zum Aufbruch.

Er hielt mich fest umschlungen, wie ein kostbares Geschenk vor sich auf dem Pferderücken.

„Das wird unser Triumphzug, unsere Hochzeitsverkündung, heute werde ich unsere Vermählung bekannt geben!", raunte er mir ins Ohr.

Der Zug setzte sich in Bewegung.

Wir ordneten uns in eine lange Reihe, angeführt von einem stattlichen Sohn, seiner zahlreichen Bastarde, wie er selbst seine unehelichen Söhne nannte.

Sein Pferd trug das gräfliche Wappen, ein Banner aus Brokat um den Leib gebunden, zur Schau.

Unzählige Gaffer säumten den Weg und setzten sich bei unserem Erscheinen in Bewegung, begannen jetzt zu laufen um das große Spektakel auf dem Dorfplatz nicht zu verpassen.

Hinter dem Teich, hinter riesigen Eichen verborgen, tauchte das Dorf auf.

Doch die friedliche euphorische Stimmung wechselte augenblicklich, als ein Trupp bewaffneter Krieger unseren Zutritt auf den Dorfplatz behinderte.

Eine Rebellion, ein Aufstand gegen das mächtige Sippenoberhaupt, demonstrierte ihre Ernsthaftigkeit gegen das Vorhaben ihres Führers, den Grafen.

„Fort mit euch ihr unwürdigen Geschöpfe", brüllte der Graf, zornesrot im Gesicht, „Giesbert du – mein eigener Sohn wendest dich gegen deinen Vater?"

Doch als Zeichen des Widerstandes, pflanzten sie kämpferisch ihre Hellebarden vor uns auf.

„Ihr habt unsere Mutter getötet!", erhoben die Anführer ihre Stimme.

„Bah – wie sollte ich, habt ihr mich denn in ihrem Hause gesehen?"

„Ha – ihr habt genügend Helfershelfer, eure Schergen sind zu

jeder Schandtat bereit", „wir werden deine `Neue` genauso töten, sie wird das gleiche Ende erleiden wie unsere Mutter!"
„Wagt es nicht meiner Braut auch nur ein Haar zu krümmen, ich werde euch köpfen lassen, auch wenn ihr meine Söhne seid!", donnerte der Graf außer sich, während er vom Pferd sprang und sich vor den Söhnen aufpflanzte.
Augenblicklich waren wir von einem ganzen Heer bewaffneter Krieger umgeben.
Meine Verwirrung wuchs, ich konnte nicht fassen was um mich herum geschah.
Als das Pferd scheute, sich aufbäumte und mich abwarf.
Ich flog auf das Pflaster und schlug mit dem Kopf auf.
Was darauf geschah, erfuhr ich nie genau!
Ich fand mich allein in einem dunklen Verließ, auf Stroh und Lumpen gebettet wieder.
Erschrocken drängte es mich, sogleich wieder aufzuspringen, als ich gedämpfte Stimmen vernahm. Geistesgegenwärtig legte ich mich auf mein erbärmliches Lager zurück und schloss die Augen.
Schritte näherten sich, die Stimmen wurden lauter.
„Wirst du sie töten?", hörte ich ihre Worte.
Schreckensstarr erwartete ich die vernichtende Antwort und wagte kaum zu atmen.
Wie werden sie mich umbringen, mit einem Schwerthieb, schnell und sauber oder mit Gift?
„Du glaubst ich würde sie töten, meinst du das im Ernst, wie könnte ich solch ein Wesen töten?", folgte die Antwort.
„Aber du hast doch gesagt"…
„Gesagt – gesagt", äffte der ältere Bruder ihm nach, „habe

ich damals schon gewusst das sie aeh – das sie so aeh -
unwirklich – ich weis nicht wie ich sie bezeichnen soll",
begann der Bruder zu stottern.

Mittlerweile hatten sie sich genähert und standen nun über
mich gebeugt, ich spürte den Luftzug und roch ihre derben
Ausdünstungen nach Schweiß und Leder.

„Meinst du sie hat den Mord an unserer Mutter befohlen?"

„Wenn sie eine Hexe ist, hat sie den Bann über unsere Mutter
geschickt und sie so getötet", spekulierte der Ältere.

„Sie kann aber auch von Gott gesandt sein, um eine Aufgabe
zu erfüllen", sinnierte der Bruder, „so ein Wesen kann nicht
irdisch sein!"

„Sieh nur, sie trägt ein Gewand aus Sonnenstrahlen, ihr Haar
ist Engelshaar und das Antlitz so lieblich, so unglaublich
schön und rein".

„Wo mag der Alte sie wohl gefunden haben auf seinen
Raubzügen, von hier jedenfalls kann sie nicht sein!"

„Ist es wahr, das der Alte in eine andere Welt gelangen kann,
wie Mutter es uns hat glauben lassen?"

„Du magst Recht haben, er hat mir schon immer Furcht
eingeflößt. Er war immer anders als andere Väter, er schien
allmächtig und kannte kein Erbarmen. Manchmal kam er mir
wie der Leibhaftige vor!"

„Ja mir auch, aber unserer Mutter hat er stets galant und
formvollendet seine Aufwartung gemacht, früher, doch nun
hat er schon lange Zeit, ihr Haus nicht mehr betreten.
Aber er hat stets gut für sie gesorgt", warf der Jüngere ein.

„Nun sind sie beide hinüber!"

„Meinst du der Daniel hat ihn mit seinem Säbel erwischt?"

„Ich denke schon", drang die niederschmetternde Antwort zu mir durch.

Der Georg soll tot sein, der Mann der sich unsterblich glaubte?

Augenblicklich war meine Angst verflogen, ich fuhr in die Höhe und riss meine Augen auf.

„Ihr habt euren eigenen Vater getötet, ihr Satansbrut, ihr seid ja noch viel schlimmer als er!", rief ich ungehalten.

Das Überraschungsmoment war perfekt, mein unerwarteter Gefühlsausbruch raubte ihnen den Atem, sie wanden sich verlegen.

„Aber schöne Maid so beruhigt euch, wir haben so handeln müssen, uns blieb keine andere Wahl!", stammelte sie, nun vollends verwirrt.

Ich hatte mich aufgesetzt, rieb meine Augen und betrachtete sie neugierig.

„Ihr seid Vatermörder, nicht Wert euch seine Söhne zu nennen!", fuhr ich fort.

„Ach was wisst ihr schon von dem Alten!", verteidigten sie sich und traten instinktiv von meinem Lager zurück, als schämten sie sich vor mir.

Ihre Lederkluft erinnerte mich an eine wilde Rockerbande der 1990 Jahre, doch statt der dröhnenden Feuerräder, jagten sie mit schnaubenden Pferden durch Wald und Flur.

Nur dieser tierische Ledergeruch mit männlichen Schweiß vermischt, irritierte mich oder rochen diese Recken so tierisch? Ich rümpfte die Nase und erhob mich, als wollte ich gehen.

„Ihr müsst euch verbergen, ihr seid in größter Gefahr",

warnte mich der jüngere - Giesbert, wenn ich mich recht entsann und hinderte mich an meiner vermeintlichen Flucht.
„Wir werden euch in Sicherheit bringen!", bekräftigte der andere und packte mich zaghaft am Arm.
„Der Alte hat mächtige Verbündete, alles Arschkriecher, sie würden ihre eigene Gattin ermorden, wenn es ihnen einen Vorteil einbrächte. Sie werden euch aufspüren und schänden bevor"…
„Die anderen sehen euch als Hexe, müsst ihr wissen, das Volk murrt und ängstigt sich vor euch".
„Das Volk? welches Volk, das sind doch alles nur seine Ableger", rief ich spöttisch und betrachtete ihn interessiert.
Eine ausnehmend ausdrucksvolle, angenehme Erscheinung, wie er so vor mir stand, doch auch sein spitzbübischer, jugendlicher Charme konnte seine Ernsthaftigkeit nicht verbergen.
Ein blondgelockter Recke mit blitzenden Augen.
Solch einem maskulinen Kerl, müssen die Frauenherzen doch nur so zu fliegen, dachte ich. Sicher hat er schon eine Frau zu Hause, etliche Gespielinnen und eine beachtliche Kinderschar.
Er bemerkte meine eindringlichen Blicke und deutete sie wohl falsch, denn er schenkte mir ein umwerfendes, anzügliches Lächeln.
„Ich werde euch fort bringen von hier, bald werden sie uns aufstöbern. Der Stollen birgt noch einen anderen Ausgang, hier seid ihr nicht länger sicher. Wir werden bei Nacht aufbrechen!", bestimmte er.
Ich sah mich wieder einmal in der Falle, nimmt denn diese

ewige Flucht kein Ende! Ich will doch nur in meine eigene Zeit.

„Eure Fürsorge ist ja recht erfreulich, aber ich bestehe auf mein Reisegepäck, ich habe nichts bei mir, wie ihr seht", murmelte ich und hob meine leeren Hände.

„Ich bin eine anspruchsvolle Frau und möchte nicht auf meine gewohnten Dinge verzichten", fügte ich hinzu, in der Hoffnung etwas Zeit zu gewinnen.

„Zudem wäre es mir unerträglich, mich auch noch von meinen letzten vertrauten Habseligkeiten und Schätzen trennen zu müssen!"

„Ihr solltet jetzt nicht an eure Annehmlichkeiten denken, ist euch euer Überleben nicht wichtiger, außerdem wird es gar nicht so einfach sein, in die bewachte Festung einzudringen", gab der Ältere zu bedenken.

Doch ein strenger Blick von seinem Bruder ließ ihn umdenken.

„Wir sind natürlich bemüht, euch euren Wunsch zu erfüllen", gab er kleinlaut bei.

„Der Tumult kommt mir gelegen, ich werde mich in das Gemäuer einschleichen, ich weis einen Geheimweg!"

„Oh, so lasst mich euch begleiten", bettelte ich, in der Hoffnung, er könnte auch von dem verborgenen Zugang in die andere Zeit, Kenntnis haben.

„Wo denkt ihr hin, ich werde euch gewiss nicht dieser Gefahr aussetzen", brauste er auf und straffte seine Schultern.

„Aber ihr werdet mein Gemach nicht finden!", setzte ich zu einem letzten Versuch an, ihn umzustimmen.

„Bah – ich kenne mich sehr wohl in diesem Gemäuer aus,

habe ich doch Jahre in diesem Höllenschlund verbringen müssen. Ich weis von den Luxusgemächern, den ganzen zusammengeraubten Kostbarkeiten, mit dem unser unersättlicher Herr Vater, seine zahlreichen Geliebten zu betören suchte, aber sie alle sind ihm davongelaufen!"

„Was glaubt ihr, wie der Alte gewütet hat in seinem Zorn, keine der Dirnen hat seinen unbändigen Groll überlebt, er hat sich das Recht genommen sie alle zu töten!"

„Nun genug geschwafelt, du erschreckst unsere Kleine, sieh nur, sie ist ganz blass geworden!", schalt ihn Giesbert.

„Er hat sie alle umgebracht?", stammelte ich fassungslos.

„Ja, er hat sie alle enthauptet, die vielen Gräber auf dem Friedhof zeugen davon ..."

„Halt dein Maul du Schwätzer, das will die Dame gar nicht wissen", fuhr ihm der Bruder über den Mund.

„Doch ich muss alles wissen!", bestürmte ich ihn mit vielen Fragen.

„Also, Giesbert ist unser Jüngster, der letzte eheliche Sohn des Alten, obgleich er schon weit über die dreißig Jahre zählt, alle anderen sind nur Bastarde, Straßenköter, nur wir drei Brüder sind die einzigen rechtmäßigen Erben!"

„Ja, die **Erben des Satans**" ergänzte ich spöttisch, einen Schauer unterdrückend.

„Ihr habt unseren Jüngsten noch nicht in voller Rüstung gesehen, wenn wir in den Kampf ziehen, mit Schild und Schwert!", überging er meine höhnische Bemerkung.

„Siegfried der edle Ritter, Eroberer und Rächer, kühn und unerschrocken", murmelte ich schmunzelnd. „So werde ich mich euch bedingungslos anvertrauen mein Ritter!", fügte ich nickend hinzu, „so bleibt euch noch, euch von eurer Gemahlin und der Kinderschar zu verabschieden".

„Es wartet keine Gemahlin auf mich, noch Kinder, - nun ja, da mag es wohl den einen oder anderen Ableger von mir geben!", gab er vielsagend zu, „aber seid getrost, sie sind wohl untergekommen, als Kuckuckseier in fremden Nestern!", ergänzte er verschmitzt grinsend.

Claus der Ältere, hatte sich endlich auf den Weg gemacht, in Begleitung seines Knappen. Wir waren ihm aus der Höhle gefolgt.

„Im Wald kann man sich bei Dunkelheit ebenso gut verstecken, denn in dem Stollen werden sie mit Sicherheit nach euch suchen, wenn es hell wird".

„Wir lassen euch nicht zu ihm zurück, sollte er noch leben. Er hat den Bogen überspannt, er wird euch töten, wenn ihr nicht willens seid mit ihm in seinem düsteren Gewölbe zu leben!"

„Oh nein sicher nicht, ich bin ihm ja nicht davongelaufen, ihr habt mich doch gekidnappt. Wenn gleich ich es nun tun werde, bei Gott, mit solch einem Scheusal will ich nichts zu schaffen haben!"

„Nun kommt, schöner Prinz, mit euch werde ich gehen!"

Der schöne Prinz warf sich stolz in die Brust und folgte mir nur zu gern, denn er war längst verzaubert, hingerissen und hoffnungslos verloren.

Seine Augen sprühten Funken, als er beschützend den Arm um mich legte und mir Schmeicheleien ins Ohr flüsterte.

„Oh Gott im Himmel, nie im Traum habe ich mir solch ein Weib wie euch vorstellen können", seine Augen umfingen mich ungläubig, „ich bin getroffen von Amors Pfeil, mich hat`s erwischt, ich schwebe wie auf Wolken!"

„Nun lass uns erst einmal das Pferd besteigen", entzauberte ich den Moment, „dann werden wir schweben!"

„Wir werden zunächst auf einem Ross reiten, das ist unauffälliger. Mein Bruder Claus wird vor der Schlucht auf uns stoßen", bemerkte er, wieder sehr ernst.

„Aber entfernt doch bitte dieses merkwürdige Gebilde von eurem Kopf, ihr solltet euer leuchtendes Engelshaar verbergen, sonst werdet ihr überall auffallen!", fügte er hinzu.

„In meinem Gepäck befindet sich ein Schleier, ich werde mich gebührend verhüllen wie Lots Weib", lenkte ich ein, „wo führt der Weg uns hin?"

„Wir reiten gen Osten, es wird ein beschwerlicher Weg, wir werden das Pferd schinden und notfalls im Freien nächtigen müssen, aber mit euch im Arm, reite ich gern bis ans Ende der Welt!"

„Ich hielt dieses Terrain bisher für das Ende der Welt, nämlich für den Vorhof zur Hölle, ihr alle seid kleine Teufel – Satans Erben, ha ha!"

Ich konnte nie lange Ernst sein, sah bei allem auch immer die komische Seite.

Der Mond war unser Verbündeter, er zeigte uns den Weg zwischen dem Unterholz, den Bäumen und Felsen hindurch. In seinen Armen geborgen, sah ich die gespenstischen Baumriesen vorbei huschen, so erreichten wir die Schlucht. Das Pferd wieherte nervös vor dem Abgrund, jetzt galt es zu warten.

Er hob mich vom Pferd und gesellte sich zu mir, aufs Pferdegetrappel lauschend.

Unsere Geduld wurde auf eine harte Probe gestellt, denn es sollte noch Stunden dauern bis wir, verborgen hinter einem Felsen, endlich die erwarteten Hufschläge vernahmen.

„Oh Mann, das war gar nicht so einfach", sprudelte Claus hervor, als er unser Ansichtig wurde, „aber es ist mir letztendlich gelungen, euren Beutel zu ergattern".

„So wisset, der Alte lebt, er ist zwar recht angeschlagen, ich habe ihn mit eigenen Augen gesehen, in seinem Gemach, umgeben von einer Schar Diener und dem Bader, alle liefen aufgeregt durcheinander".

„In diesem Tumult bin ich nicht aufgefallen und konnte mich unbehelligt entfernen. Aber seid gewiss schöne Dame, schon morgen in aller Frühe, wird die Hetzjagd beginnen, auf euch und unsere Wenigkeit, ihr müsst Vorsprung gewinnen!"

„Ja das ist klar, wir werden sogleich aufbrechen, die Nacht ist unser Verbündeter. So leb wohl mein geliebter Bruder, wir sehen uns wieder irgendwann!", rief mein Retter theatralisch und beförderte mich samt meiner kostbaren Fracht auf das wartende Fortbewegungsmittel.

Die Nacht war voller Geräusche. Ein Wildbach brüllte gurgelnd sein ewig gleiches Lied, begleitet von Donnerschlägen in schwindelerregender Hast, sprudelnd ins Tal, in einen kalten Teich stürzend, sich wandelnd in harmloses erquickendes Nass. Erfrischend und labend für erschöpfte durstige Kehlen, Labsal für Mensch und Tier. Benommen von den Urgewalten der Schöpfung, verweilten wir ergriffen eine Weile vor dem Naturschauspiel.
„Wir werden die Ortschaften meiden, unser Weg wird uns durch die unbewohnten Heidelandschaften führen,

gegebenenfalls werden wir unter dem weiten Sternenzelt übernachten müssen, ihr werdet frieren in eurem luftigen Gewand und dürsten und mich verfluchen. Seid ihr dafür geschaffen, ein zartes Püppchen wie ihr?"

„Ach sorgt euch nicht so viel um mich, ich habe schon schlimmeres überstanden und frieren werde ich gewiss nicht in euren Armen!", gurrte ich lachend.

„Ja ich werde euch wärmen bis ihr glüht, wenn ihr mich lasst, meine süße Fracht!", murmelte er und spornte den Hengst zu einem kühnen Spurt an.

Der helle Mond war mit uns, führte uns durch das felsige, bewaldete Gebiet am Fuße der Alpen entlang.

Stunden vergingen, die Spätsommernacht war kurz, bald erhellte sich der Himmel, die Sterne erloschen und die Sonne schickte ihre ersten Strahlen.

Ein neuer Morgen war erwacht.

„Hier an diesem Bächlein werden wir rasten!", weckte er mich aus meinem Halbschlaf.

Ein verzauberter Märchenwald bot sich meinen Augen, ein traumhafter Frieden umgab uns, wenn uns nicht die permanente Angst vor unseren Verfolgern im Nacken sitzen würde.

Wir hatten nicht mehr gesprochen. Giesbert musste seine ganze Aufmerksamkeit auf den unwegsamen Pfad lenken.

Wir glitten von dem erschöpften Pferd und streckten aufseufzend unsere lahmen Glieder. Ich bückte mich tief über das Bächlein, um meinen Durst zu stillen.

„Oh was würde ich jetzt für einen starken heißen Kaffee und warme Semmeln geben!", murmelte ich sehnsuchtsvoll.

„Kaffee und Semmel, was immer das ist, kann ich euch nicht bieten. Wohl aber einen herzhaften Schluck aus meinem Weinschlauch und geschmorten Fasan aus meiner Satteltasche, holde Maid!", eröffnete er mir mit einem umwerfenden Lächeln und zog mich mit sich ins weiche Moos.

Wenig später hörte ich ihn schnarchen.

Ich streckte mich wohlig neben ihm aus, verfolgte das Spiel der Wolken. Die Sonne schimmerte durch die Baumkronen, alles war friedlich, meine Lider wurden schwer und ich glitt alsbald in einen erholsamen Schlaf.

Ein Eichelhäher krächzte aufgeregt über uns, Äste knackten in unmittelbarer Nähe.

Ich schreckte auf, Giesbert griff geistesgegenwärtig nach seinem Säbel und sprang taumelnd auf.

„Sie kommen, sie sind schon da, um Gotteswillen verbergt euch, euch darf nichts geschehen!", hauchte er in höchster Erregung und fuchtelte mit wilden Blicken mit seiner Waffe.

Pferdegetrappel näherte sich. Kaum das wir sie hörten, waren sie schon da, sie preschten durch das Unterholz.

Zunächst sah ich nur zwei bewaffnete Kerle.

Zu Tode erschrocken stierte ich auf die Eindringlinge.

Starr vor Angst erwartete ich einen ganzen Reitertrupp, doch es folgte nur Einer.

Sofort erkannte ich in ihnen Georgs Getreue.

Was nun folgte, lief in wenigen Minuten vor meinen Augen ab.

In wilden Galopp, einen Schlachtruf grölend, stürmten sie mit erhobenen Schwertern unser Versteck.

Nun ist alles vorbei, dachte ich und schloss in Erwartung des Todes die Augen.

Doch Giesbert dachte gar nicht daran sich zu ergeben, blitzschnell parierte er den Angriff.

Es gelang ihm mit einem akrobatischen Satz sein Pferd zu bespringen, das Tier tänzelte nervös.

Mit einem einzigen wohlgezielten Hieb, köpfte er seinen Angreifer.

Entsetzt presste ich die Hände vor den Mund, um meine Schreie zu unterdrücken.

Giesbert setzte vorwärts, als Finte wendete er sein Pferd, hob sein noch blutiges Schwert, während er sich drehte und erwischte den Anderen mit einem gut gezielten Stich in die Brust.

Ohne Gewissensbisse und Reue, kehrte er den Gefallenen gleichgültig den Rücken und trabte mir stolz erhobenen Hauptes entgegen.

Der Dritte Angreifer hatte panisch die Flucht ergriffen und ward nicht mehr gesehen.

Niemals zuvor hatte ich solch blutige Szenen mit ansehen müssen.

Zitternd vor Grauen und Widerwillen kauerte ich am Boden.

Ich konnte nicht glauben, was ich soeben erlebte, es drängte mich zu schreien, aber kein Ton drang aus meiner Kehle.

„Ich musste sie töten, auch den dritten muss ich noch erwischen, er wird Zeugnis geben über unsere Reiseroute!"

„Aber das waren die engsten Vertrauten Georgs, lass ihn leben!", brachte ich zähneklappernd hervor.

„Ja du hast Recht, umso besser, so ist sich der Alte seiner

Niederlage bewusst, seine Zeit als unumschränkter Herrscher, ist hiermit vorbei! Ich werde künftig seinen Rang übernehmen!", prahlte er und klopfte sich auf die Brust.

„Alle haben vor ihm, dem mächtigen Unsterblichen gebuckelt, ihn heimlich angebetet und verehrt wie einen Götzen. Besonders die Weiber, aber keine hat ihn genug geliebt. Keine wollte bei ihm leben in der Gruft, alle sind ihm wieder davongelaufen. Doch keine hat überlebt, sie alle hat er enthauptet in seinem Groll!"

„Lass uns unverzüglich weiterziehen, dieses Geschmeiß widert mich an, …meine Zeit wird bald kommen!" Sagte er verächtlich und griff nach mir, als wäre ich eine gefühlslose Puppe, zog er mich vor sich auf das Ross und trieb es zur Eile an.

Er ging einfach zur Tagesordnung über, als wäre nichts geschehen.

„Meine Aufgabe ist es nur, dich in Sicherheit zu bringen, doch vorher muss ich mich reinigen von diesem Dreck, ich weis einen herrlichen See auf unserem Weg, nicht weit von hier!", bemerkte er und weiter ging es in wilder Flucht.

„Du sprichst von einem See, meist du den Vierwaldstätter See, haben wir schon so eine weite Strecke zurückgelegt?"

„Nein, der See den ich meine ist Namenlos, aber ich weis von einem Gewässer auf das der Name zutreffen könnte, wenn wir den erst erreicht haben, ist es nicht mehr weit nach Lichtenstein, weiter führt unsere Reise nach Tölz, Rosenheim und aeh"…

„Regen", ergänzte ich, „also der Bayrische Wald, dann der Böhmische Wald, oh je, das wird eine endlose Plackerei", fügte ich seufzend hinzu.

„Ja und im Böhmerland wird es erst recht ungemütlich", warf er ein, „denn dann sind uns die Gebirge im Weg!"

Meine Sicht von einem verwöhnten, eingebildeten
Strahlemann, hatte sich schlagartig gewandelt.

Das war ein Mann von Format, mein Beschützer, stark und
zu verlässlich, grausam, doch mangelte es ihm nicht an
Gefühlen für das sinnliche Feingefühl zwischen Mann und
Frau.

Eine Stunde mag wohl vergangen sein, als sich die
Landschaft, die wir durchstreiften, allmählich veränderte,
Felsen und Hügel waren in eine flache Ebene übergegangen.

In der Ferne tauchte ein mit Rohr und Farn umwachsener See
auf, das Wasser glitzerte in der Sonne, lockte zum
Verweilen.

Mit wenigen hastigen Handgriffen, entledigte er sich seiner
verschwitzten Kleidung und sprang tollkühn in das
erfrischende Nass.

„Und dann gelüstet mich nach einem Weib, egal ob willig
oder nicht!", waren seine letzten Worte, bevor er in die
Fluten eintauchte.

Auch mich locke es magisch, mich zu erfrischen.

Ich hielt mich am Rande des Gewässers, nutzte das köstliche
Wasser zur Körperreinigung und entstieg ihm erfrischt
aufatmend.

Ich hüllte meine Blöße in mein großes Umhangtuch, die
Sonne wärmte mich und machte mich schläfrig.

Als er wenig später, wie Neptun dem Wasser entstieg, konnte
ich meine Augen nicht von seinem Anblick lösen.

Was für ein Kerl, der mir da entgegentrat.

Seit langer Zeit verspürte ich zum ersten Mal wieder dieses Kribbeln im Bauch. Er ließ sich neben mir nieder, seine Blicke verbrannten mich, seine Arme umfassten mich zärtlich – besitzergreifend.

„Ich habe mich wohl auch ein bisschen verknallt in dich!", säuselte ich liebestrunken.

„Gott ist mit den Liebenden, ich hatte lange keinen Mann!"

„Soll das heißen, der Alte hat dich nicht genommen wie ein Mann?"

„Er war nicht nach meinem Geschmack", flüsterte ich.

„So verzichte ich freiwillig auf Gegenwehr und bin bereit mich zu ergeben, mich verlangt nicht nach brutaler Gewalt, Schlägen oder sonst wie erniedrigt zu werden!"

Doch trotz meiner Bereitschaft, Liebe zu geben und entgegen zu nehmen, war er nicht gerade sanft und nahm mich ungeduldig fordernd, stillte seine männlichen Triebe, hemmungslos sich befriedigend, während er keuchte:

„Ich liebe dich so sehr!"

Ich stieß ihn ärgerlich, enttäuscht von mir.

„Du bist ein Barbar, ein Frauenverächter, stumpfsinnig und grob. Niemals habe ich einen so egoistischen miesen Liebhaber erdulden müssen wie dich, einen so lieblosen, tierischen Akt, scher dich zum Teufel!", fauchte ich und verpasste ihm eine Ohrfeige.

„Du weist nichts von wahrer Liebe!"

Er war hastig aufgesprungen und hielt sich verdattert die Wange.

„Ich verstehe nicht was du meinst, wovon redest du?"

„Ja du hast nichts verstanden, vergiss es", rief ich verächtlich, „was du unter Liebe verstehst ist nichts als Lust, du hast mich schrecklich enttäuscht!", murmelte ich mit bebender Stimme und schlüpfte hastig in meine Kleidung. „Wenn du glaubst, das wird sich noch einmal wiederholen, so hast du dich getäuscht!"

„Aber was habe ich denn falsch gemacht", stammelte er verwirrt.

„Alles hast du falsch gemacht, hast du noch nie etwas von Zärtlichkeit gehört? Ich bin keine Dirne die man benutzt, keine von denen die du am Straßenrand aufgelesen hast um dich eilig zu befriedigen!"

„Ich bin ein fühlendes Wesen, eine sensible, sinnliche Frau".

„So lehr mich die Liebe, so wie du sie magst, ich werde alles tun um dich glücklich zu machen!"

„Ja ja, wenn Sonne und Mond sich begegnen, komm, lass uns nicht noch mehr Zeit vertrödeln!"

„Wir können den Hengst nicht länger über die Maße strapazieren. Auf die Dauer kann er das Gewicht von zwei Personen nicht verkraften, selbst wenn du nur eine halbe Portion bist, so muss ich nach einem Pferdehändler Ausschau halten!"

„Wenn es auch nicht in meinen Plan passt, werden wir die nächste Stadt aufsuchen und für eine oder zwei Nächte ein Rasthaus aufsuchen, was hältst du davon?"

„Oh mich verlangt es längst nach einem richtigen Bett unter einem soliden Dach, mit Frühstück ans Bett gebracht, köstlichem, duftenden Kaffee, frisch gebackenen Brötchen,

Rührei und Schinken!"

„Mittags ein drei Gänge Menü und am Abend Tanzmusik, Longdrinks mit Gin und Ananassaft, ein Duft Bad und einer Zofe die mich in seidene Gewänder hüllt".

„Weiter wünsche ich mir einen Theaterbesuch, Konzerte, umgeben von hellem Licht - den Duft von 1000 Kerzen und"…

„Ja ja das alles sollst du bekommen – später, aber zunächst müssen wir noch etliche Prüfungen überstehen, obgleich, mir kommen die ersten Zweifel ob die Reise richtig ist!"

„Was wird sein, wenn wir unser Ziel erreicht haben? Ich möchte dich keinesfalls hergeben, dich womöglich an einen unbekannten Fetter verlieren. Dort auf dem Schloss hinter dem Riesengebirge!"

„Was bringt mir das, ich müsste dich dort zurücklassen oder bleiben in einer mir unbekannten Umgebung, das aber wäre nicht in meinem Sinne. So lasst uns hier die Ehe schließen, gleich morgen und dann als Ehepaar zurückkehren in meine Heimat!"

„Nein, niemals werde ich dorthin zurückkehren!", rief ich leidenschaftlich aus, „das würde niemals gut enden!"

Im Tiefschlaf hörte ich ein Rauschen wie Wind in den Baumkronen, verwebt in meinem Traum, schon prasselten dicke Tropfen auf uns hernieder, scheuchten uns wie verschreckte Hühner von unserem Lager.

Ein kräftiger Schauer nur, doch er genügte, uns bis auf die Haut zu durchnässen. Es gab kein Dach unter dem weiten Himmel als Schutz, keine trockene, wärmende Decke die nicht ebenso triefend nass, uns schützte und den Unbillen und Launen der Elemente ausgesetzt war.

Noch zeigte sich kein Lichtstreifen am Horizont.

Dennoch machten wir uns fröstelnd auf den Weg, der Gegenwind ließ uns bibbern.

Ungeduldig sehnten wir den hellen Morgen und die wärmende Sonne herbei. Doch der Himmel blieb Wolken verhangen.

Auf dem Pferderücken, dicht aneinandergepresst, wärmten wir uns gegenseitig. Ich hatte mich viel zu schnell an seine ständige Nähe gewöhnt, ebenso wie er offensichtlich auch an meine stete Gegenwart. Wir fühlten uns unvollständig, ohne den Anderen.

Er besaß eine unglaubliche Ausstrahlung mit seinem entwaffnenden, dem jugendhaften Lächeln.

Bisher hatte ich zwei entgegen gesetzte Seiten vor ihm kennen gelernt, wie verhielt er sich wohl im täglichen Leben?

Gerade streiften mich seine Augen liebevoll, so nah war mir sein Mund, die blitzenden Augen, eine warme Welle durchzog meinen Körper.

Wenn du so bist wie dein Lächeln, werde ich mit dir überall hingehen, dachte ich, in Aufwallung der Gefühle.

Doch im nächsten Moment erschrak ich vor meinen eigenen Gedanken.

Oh nein - nein, schrie es in mir, alles in mir bäumte sich gegen diese Vorstellung auf.

Er ist ein Urahne meines Gatten, doch vielmehr glich er einem direkten Vorfahren. Besonders die Augen, oh diese leuchtenden Augen. Erschrocken stellte ich fest, das sich all meine übermächtigen Gefühle für meinen Liebsten, auf meinen derzeitigen Gefährten übertragen hatte.

Der Sommer hatte sich zurückgezogen.
Eine milchige Sonne, die uns kaum erreichte, ließ die Temperatur sinken.
Fünf Tage und Nächte waren wir mittlerweile auf engstem Raum in ständiger Berührung zusammen. Nachts unter freiem Himmel, wärmte er mich mit seinem Körper, doch gegen eine Wasserflut von oben, vermochte auch er nichts ausrichten.
„Ich könnte niemals mehr ohne dich sein!", hatte er mir vor dem Einschlafen ins Ohr geraunt.
Unermüdlich trabten wir durch das Land. Ein kühler Wind blies uns ins Gesicht.
„Du zitterst ja vor Kälte Liebes," stellte er fest, „so nimm meinen Umhang, er wird dich schützen vor dem kalten Wind".
Er wickelte mich fürsorglich in das wollene Tuch und war somit selbst der Morgenkälte schutzlos ausgeliefert.
Wir nahmen Kurs auf die nächste Stadt, um ein weiteres Pferd zu erwerben.
Ich war gespannt auf das Stadttreiben im 14. Jahrhundert. Wie mag es dort zugehen, wie spielte sich der Alltag, das Leben hier ab?

„Ich hatte viel Zeit zum Nachdenken", unterbrach er die Stille, als wir den Wald hinter uns gelassen hatten. In der Ferne sah ich viele Kirchtürme hinter einer grauen Mauer sich erheben.
Wie würde man mich ansehen in meiner abgerissenen

Aufmachung, ungepflegt, Dreck bespritzt, mit zottligem ungekämmten Haar, in einen viel zu großen Männerumhang gehüllt. Instinktiv zog ich die Kapuze über den Kopf.

Doch was konnte mir schon geschehen, an der Seite des kühnen Siegfrieds, selbst wenn er nicht auf dem ersten Blick als Graf anzusehen war.

„Hörst du was ich sage!", riss mich mein Begleiter aus meinen Überlegungen.

„Was hast du auf dem Herzen, mein Beschützer, spuck es aus!"

„Nun ja, ich habe mir überlegt, aeh – ich bin zu dem Schluss gekommen, also wir könnten die lange Reise ersparen, wenn aeh"…

„Also nun sag schon was in deinem Kopf herum geistert!", ermutigte ich ihn.

„Wir können uns vermählen, schon morgen, ein Pastor lässt sich hier sicher auftreiben, du brauchst nur „Ja" zu sagen, dann kann ich dich als meine Ehefrau heimführen".

Sein intensiver Blick, forderte eine Antwort.

Ohne zu überlegen, sprudelte ich heraus.

„Oh nein, das ist unmöglich, du weist doch, das ich niemals mehr an diesen Ort des Verderbens zurückkehren werde, dort wäre ich meines Lebens nicht mehr sicher. Bedenke, dein Herr Vater beansprucht mich als seine Gattin, er könnte es nicht akzeptieren, es würde einen ewigen Kampf heraufbeschwören! Das aber ist nicht mein Trachten, ich möchte in Frieden leben, überlege es dir gut und schlag es dir aus dem Kopf mein Freund!"

„Aber soll ich kampflos zusehen, wenn du dich auf dem Schloss einem anderen zuwendest. Wie könnte ich dich dort abliefern und alleine zurückgehen, ohne dich?", sagte er zähneknirschend.

Wieder einmal sah ich meinen Plan, endlich in meine Zeit zu gelangen, ins Wanken geraten, nun da ich meinem Ziel immer näherkam.

Doch ich konnte und wollte nicht aufgeben.

„Du machst dir zu viel Gedanken, denn auch dort können wir uns vermählen!", sagte ich unüberlegt.

„Aber ich will in meine Heimat zurück, in mein Reich, mein Territorium, dort will ich mit dir an meiner Seite leben und über mein Volk herrschen!", bestärkte er sein Vorhaben.

„Aber du wirst nicht der Landgraf sein, denn da sind deine älteren Brüder, sie werden"…

„Ach wer weis ob die noch am Leben sind!", fiel er mir ins Wort und tat die Angelegenheit mit einer wegwerfenden Handbewegung ab.

„Lass erst einmal etwas Zeit vergehen, ein paar Jahre, dann wird sich alles zum Besten fügen, der Alte ist nicht unverwundbar, auch er besteht nur aus Fleisch und Blut. Eine Seuche wird ihn dahinraffen, die schwarze Pest wird über das Land hereinbrechen und alles vernichten!", plapperte ich drauflos, denn ich wusste von einer Pestepidemie, die in dieser Zeit wüten würde.

„Was redest du von einer Pest, woher willst du das wissen?", fuhr er auf.

„Ich weis es eben und noch viel mehr!", bestätigte ich das gesagte.

Wir hatten das Stadttor erreicht.

„Wen haben wir da, wer begehrt Einlass?", bellte einer der Wächter angeberisch.

„Graf von Elzen!", verkündete mein Begleiter und warf sich in Pose. Wir sind weit gereist und benötigen eine komfortable Unterkunft - weiter einen Pferdehändler, einen Schmied sowie einen Sattler"…

„Oh der Herr hat Ansprüche, benötigt er auch noch einen Leibdiener? Ihr reist ohne Gefolge, wo ist euer Knappe?", fragte der Angesprochene höhnisch.

„Er ist unverschämt, was schert es ihn, wie ich zu reisen pflege. Gebt mir augenblicklich den Weg frei!", herrschte mein Begleiter den vorwitzigen Torwärter an und zückte kampflustig sein Schwert.

„Gemach, gemach, so ziehe er seines Weges", entgegnete der Wächter erblassend. „Es ist ratsam euch einem Ortskundigen anzuvertrauen", fügte er wichtigtuerisch hinzu und brüllte einen Namen.

„Nun so schickt mir den Burschen!", knurrte Giesbert ungehalten.

„Was spielst du dich so künstlich auf!", rügte ich ihn kopfschüttelnd.

„Ich führe die Herrschaften wohin es Euch beliebt!", meldete sich ein junger Bursche und trat uns mit ernstem Gesicht entgegen.

„So führe er uns in eine noble Herberge", brummte Giesbert und wir setzten uns zu dritt in Bewegung.

Auf den ersten Blick bemerkte ich nichts Abweichendes, was sich lapidar von 16 Hundert unterschied, nun ja, die Bekleidung der Bevölkerung erregte meine Aufmerksamkeit. Die Hosenähnlichen Beinlinge der Männer, von einem faltenreichen, weibischen Umhang bedeckt, erschienen mir wie eine Verkleidung.

Die formlosen Gewänder der Frauen ließen mich an die Kluft von Nonnen denken. Ich musterte sie neugierig, fühlte mich bald als Teil des geschäftigen Trubels und wurde meinerseits ungläubig angestarrt.

Um mich herum geriet das Leben ins Stocken, feindselige strafende Blicke durchbohrten mich.

Plötzlich sah ich mich als unerwünschten Eindringling.

Doch hoch zu Ross fühlte ich mich unangreifbar, aber mein Unbehagen wuchs. Auch Giesbert hatte den abwertenden Empfang bemerkt und drückte mich beschützend an sich.

„Was glotzt ihr so blöde, habt ihr noch nie eine Dame gesehen?", herrschte er die Umstehenden böse an.

Fort mit euch ihr Idioten, Lumpenpack, geht aus dem Wege sonst"…

„Aber Herr, so macht ihr euch keine Freunde!", zischte unser neuer Bursche.

„Bah – was brauch ich hier Freunde, morgen ziehen wir weiter, mischt euch nicht in unsere Angelegenheiten, führt uns in ein Wirtshaus, wie geheißen Bengel!"

Die Unterkunft war leidlich, mich lockte vor allem das Bett, doch statt Federkissen und Daunendecken, erwarteten uns nur harte Strohsäcke.

Sei es drum, mich verlangte es nur, meine lahmen Glieder, endlich aus zu strecken und mit einem Dach über den Kopf zur Ruhe zu kommen.

„Ruh dich aus Liebes, ich habe noch einige Wege zu erledigen", hörte ich Giesberts beruhigende Stimme im Schlummer und versank alsbald in einen tiefen Erschöpfungsschlaf.

Es war bereits dunkel, als ich den keuchenden Atem neben mir hörte.

Ich streckte meine Hand aus und fuhr über sein Gesicht.

Es glühte im Fieber, erschrocken zog ich meine Hand zurück, Alarmglocken ertönten in meinem Kopf.

„Giesbert, was ist mit dir, bist du krank?", wisperte ich, in böser Vorahnung.

„Ich bin nur müde und ausgebrannt, mir ist kalt, wärme mich, morgen bin ich wieder wohlauf", murmelte er bibbernd, gepackt von Schüttelfrost.

Ein trüber Tag lugte durch das winzige Fenster.
Er hatte unruhig geschlafen und im Fieber gesprochen.
Ein gutes Frühstück mit einem heißen Punsch, würden seine Lebensgeister wecken, dachte ich und tastete nach ihm.
Doch der Platz neben mir war leer. Wo zum Teufel ist er?
Hastig schlüpfte ich in meine Kleidung und öffnete die Tür.
Hinter der Tür prallte ich mit unserem Ortsführer zusammen, offensichtlich hatte er dort seine Nacht verbracht.
Ich glaubte ihn längst wieder im Ort bei seiner Familie.
„Was lungerst du hier herum, hast du nichts anderes zu tun", fragte ich verwundert.
„Ich würde euch gern auch künftighin zu Diensten sein, so legt doch ein gutes Wort für mich ein, hohe Dame!", stottert er aufgeregt.
„Ja ja", entgegnete ich zerstreut, schob ihn ungeduldig zur Seite und bahnte mir meinen Weg durch die düsteren Gänge.
Jetzt hörte ich Giesberts raue Stimme.
Er bellte lautstark seine Befehle.
„Und füllt meinen Weinschlauch, aber nicht mit dem billigen Fusel und vergesst nicht, ihn vorher auszuspülen!"
Ich folgte der Stimme und traf auf die Dienerschaft in deren Mitte sich Giesbert befand.
„Alles muss man selbst überwachen, die Kerle sind unfähig"…murrte er herablassend, als er mich sah.
„Unser Frühstück wünsche ich in unserer Kammer

einzunehmen, aber frischen Braten, lasst es euch nicht einfallen, uns diesen stinkenden Fraß vorzusetzen Kerle, und als Wegzehrung, wünschen wir einen ganzen Laib Brot und Käse, aber keinen verschimmelten. Eh – ja und diesen Schinken hier, sowie Räucherfische, Graupen und Bohnen und ein Säckchen Getreide für die Pferde!", befahl er abschließend und wendete sich mir zu.

„Aber du willst doch nicht schon heute wieder aufbrechen, ich dachte wir wollen uns erholen von den Strapazen der Reise!"

„Bah – was glaubst du, hast du etwa gedacht, ich werde mit dir weiterziehen? Ich habe keineswegs die Absicht noch weiter diesen unsinnigen Weg fortzusetzen, wir treten unverzüglich den Heimweg an!"

Ich war wie vom Blitz erschlagen.

„Was sagst du da, du willst allen Ernstes wieder zurück in die Höhle des Löwen, ja hast du den Verstand verloren?", fragte ich ungläubig.

„So geh zurück, aber ohne mich, ich werde dich nicht begleiten," rief ich aufgebracht. „Geh nur in die Falle!", fügte ich mit bebender Stimme hinzu.

Wir hatten indessen unsere Kammer erreicht.

Er schloss lautstark die Tür hinter sich und setzte sich vor Erregung schnaubend auf das Bett.

„Du willst also nicht mit mir gehen?", fauchte er fassungslos, von einem Hustenanfall begleitet.

Der Raum war von knisternder Spannung erfüllt, als Giesbert stockend außer Atem, wieder zu sprechen begann.

„So sei es denn, aber ich erwarte eine ehrliche Antwort von dir. Versprich mir meine Gattin zu werden, wenn wir diesen vermaledeiten Ort erreichen!"

Ich schnappte nach Luft.

Obwohl ich diesen unwiderruflichen Moment erwartet hatte, kam er dennoch überraschend.

Da ich nur von dem einzigen Wunsch besessen war, wieder in meine Heimat und noch mehr, endlich in meine Zeit zu gelangen und sie nur auf diesem Wege erreichen konnte, stimmte ich ohne lange zu überlegen zu.

„Ich denke du wirst dein Eheversprechen halten -- so bist du jetzt also meine Braut!", sagte er, befreit aufatmend, drückte mir einen feuchten Kuss auf den Mund, wendete sich grinsend um und ging beschwingten Schrittes.

„Ich habe noch einiges zu erledigen, pack unterdessen unsere Bagage zusammen Frau", hörte ich ihn noch von der Diele her, rufen.

Das also war unsere Verlobung. Nun hat er erreicht was ihm vorschwebte. Jetzt braucht er sich nicht mehr sonderlich um mich zu bemühen, dachte ich beklommen.

Im Hof warteten schon zwei frische Reittiere und ein Maulesel.

Ich hatte ihn inzwischen auf unseren neuen Reisebegleiter vorbereitet.

„Ein Pferdeknecht kommt mir recht gelegen", stimmte er zu und wies den Burschen in seine Aufgaben.

„Nun trödelt nicht lange, auf geht's", drängte er und hob mich beherzt auf das gesattelte Pferd.

Die Hufe klapperten auf dem Kopfsteinpflaster, als sich unser kleiner Zug in Bewegung setzte.

Der Himmel war wolkenverhangen, ein feiner Nieselregen sprühte uns ins Gesicht, als wir das Stadttor passierten und das freie Land sich vor uns ausbreitete.

„Der Sommer ist vorbei!", stellte ich seufzend fest und lenkte mein Pferd neben Giesberts.

Wir hielten uns noch immer am Rande des Gebirges.

Nach einem kurzen Picknick gegen Mittag, setzten wir unsere monotone Reise fort.

Vor uns erstreckte sich ein endlos erscheinender Wald.

Bald nahm uns das lebendige Grün auf und wir verschmolzen mit ihm.

Der Regen hatte nachgelassen, doch die Sonne zierte sich, war uns nicht wohlgesonnen. Es würde früh dunkel werden an diesem trüben Tag.

Wir hielten unermüdlich nach einem einsamen Gehöft Ausschau. Die Nacht brach herein, senkte sich mit aller Macht über uns, als wir eine halb verfallene Hütte zwischen Ahorn und Schlehenbüschen ausmachten.

„Eine armselige Unterkunft, doch besser als auf dem feuchten Waldboden zu lagern", bemerkte Giesbert treffend „Löse die Satteltaschen und schaffe sie in unsere Nobelherberge, eile er sich, bevor es ganz dunkel ist!", drängte er den Burschen.

Wir richteten uns notdürftig ein und machten uns über das Lunchpacket her.

Ich aß mit gesundem Appetit, auch unser Begleiter griff herzhaft zu.

Doch ich bemerkte, das Giesbert die nahrhaften Leckerbissen verschmähte.

Er hatte sich erschöpft fallen lassen und schlief bereits mir rasselndem Atem.

Oh das verheißt nichts Gutes, der Ärmste hat sich eine böse Erkältung eingefangen, war mir schlagartig klargeworden!

Auch mich überfiel die Müdigkeit und ich versank bald in einen traumlosen Schlaf, doch er hielt nicht lange an. Ich fröstelte, ich zog die klamme Decke über mich und blickte in die Höhe.

Zwischen morschen Balken sah ich die Sterne leuchten.

Oh je, wenn es nur nicht regnet diese Nacht, dachte ich und tastete nach meinem Bräutigam.

Ich fand sein Gesicht, es glühte im Fieber, sein Atem ging rasselnd, er keuchte nach Luft. Das war also das Geräusch das mich geweckt hatte.

Doch in der schwarzen Nacht war ich machtlos, konnte nichts zu seiner Erleichterung unternehmen, ich musste auf den Morgen warten.

Hundert Gedanken wirbelten durch meinen Kopf, ich zwang mich zur Ruhe.

Morgen bei Licht wird alles besser sein, beruhigte ich mich

und sehnte das erste Tageslicht herbei.

Ein heftiger Hustenanfall meines Reisegefährten, weckte mich erneut. Schemenhaft zeichnete sich die unwirtliche Umgebung ab.

Erschrocken fand ich mich augenblicklich zurecht. Giesbert rief im Schlaf nach Namen die ich nicht kannte.

„Wach auf, du hast schlimme Träume!", hauchte ich ungeduldig, doch er rührte sich nicht, panisch vor Sorge, weckte ich den Burschen.

„Mach Feuer und hol Wasser, siehst du nicht das der Herr…"

„Wie - was", stammelte er verständnislos, erhob sich schläfrig und stolperte zur Tür hinaus.

„Hier ist kein Brunnen", hörte ich ihn rufen, „wo soll ich Wasser herbekommen Frau?"

„Herr Gott, dann such einen Bach".

Ich lief in die Hütte zurück und brachte einen irdenen Krug zum Vorschein.

„Hier, nimm ihn und eile dich, ich werde derweilen Brennholz sammeln!"

Ich hatte in weiser Voraussicht einen Krug und 3 Zinnteller aus der Herberge mitgehen lassen, denn diese Situation hatte ich schon einmal erlebt, doch ein Kochgeschirr habe ich nicht auftreiben können. So musste ich kaltes Wasser zum Frühstück trinken. Meine Teebeutel, die ich in meinem Beutel wusste, waren nutzlos, wenn ich kein Wasser erhitzen konnte.

Verdammt, das Holz ist feucht, kein trockener Ast ist zu finden, ärgerte ich mich, ich muss sehen das ich in der Hütte altes Mobiliar auftreibe, es nutzt eh keinem mehr.

So kramte ich einen Haufen morscher Teile zusammen und warf sie aufeinander, mein Feuerzeug wird mir jetzt von

Nutzen sein. Wie gut das ich auf meinen Reisebeutel
bestanden hatte.

Hastig leerte ich den Inhalt, viele nützliche Kostbarkeiten
kamen zum Vorschein.

Die Taschenlampe, die mir vor die Füße rollte, würde mir
gute Dienste leisten, überlegte ich, während ich das Feuer
entfachte.

Giesbert rührte sich stöhnend.

„Wo bin ich hier hingeraten, bin ich schon in der Hölle?",
brummte er, als er das Feuer flackern sah.

„Der Vorhof zur Hölle!", entgegnete ich und beugte mich
besorgt über ihn.

„Durst, oh so ein Durst plagt mich, meine Kehle ist verdorrt,
mein Kopf dröhnt und auf meiner Brust lastet ein
Mauerstein. Bring mir meinen Weinschlauch Weib!", brachte
er mühsam hervor.

Ich brachte ihm das Gewünschte und betrachtete ihn
sorgenvoll. Oh je, er hat sich mit Sicherheit eine
Lungenentzündung eingefangen.

„Wir sitzen hier fest, in dieser Gott verlassenen Gegend, wir
müssen weiter ziehen", schnaufte er, als hätte er meine
Gedanken gelesen.

„Der Winter kommt, bald wird der kalte Schnee vom
Himmel fallen, Helft mir auf, die Zeit drängt!", keuchte er
von einem neuen Hustenanfall begleitet.

„Wir werden weiterziehen, wenn du genesen bist", erwiderte
ich energisch.

Doch er hörte mich nicht mehr, mit geschlossenen Augen,
ruhte er erschöpft auf seinem Lager.

„Ich habe Wasser, Frau!", polterte der Bursche in den Raum
und überreichte mir freudestrahlend den gefüllten Krug.

„Oh wie schön!", sagte ich zerstreut und befühlte Giesberts Stirn, Schweißperlen bedecktes Gesicht.

Ich band ihm Wadenwickel und redete beruhigend auf ihn ein. Ganz davon in Anspruch genommen, vergaß ich die Zeit. So verstrich der Tag, ein verlorener Tag auf dem weiten Weg, der noch vor uns lag.

So spät im Jahr, wir sollten längst viel weiter sein, dachte ich, als die Dämmerung hereinbrach. Was wird morgen sein?

Ich saß wie auf heißen Kohlen und begann bald unruhig umher zu gehen, zur Untätigkeit gezwungen.

Der Winter steht vor der Tür, klangen seine Worte in meinen Ohren nach.

Sollte ich mit dem Jungen allein weiterziehen, eine sichere Herberge ausfindig machen und ihn später nachholen?

Um Gottes Willen, das kommt gar nicht in Frage, wie konnte ich so etwas Schändliches nur in Erwägung ziehen.

Meine Sorge ließ mich keine Ruhe finden. Ich wusste von einer Landkarte, die Giesbert in seinem Gepäck mit sich führte. Ich fand sie schnell und entrollte sie eifrig im Morgenlicht.

Mit dem Finger verfolgte ich unsere Tour, die wir bereits zurückgelegt hatten.

Hier in diesem Bereich müssten wir uns jetzt befinden, im Bayrischen Wald. Rosenheim, Passau, dann folgte der Böhmische Wald.

Ach Gott, mit dem Auto wäre das weniger als eine halbe Tagestour.

Also müssen wir jetzt Kurs auf Rosenheim nehmen", murmelte ich und rollte die Karte zusammen um sie wieder sorgfältig in Giesberts Satteltasche zu verstauen.

Doch was war das dort für eine Wölbung unter dem Leder?
Ich griff neugierig danach.

Ein merkwürdig verzierter Eisenhelm kam zum Vorschein.
So trugen die Kämpfer des Mittelalters also auch schon
Eisenhelme zum Schutz.

Ja natürlich, wie dumm von mir das vergessen zu haben, sie
schützten sich bisweilen mit Ganzkörper Eisenanzügen, den
Ritterrüstungen, wenn sie in große Schlachten zogen.

Hatte nicht der Bruder von Giesbert von solch einem
überwältigen Aufzug gesprochen?

Ich drehte den Helm in den Händen.

„Jetzt könnte ich darin Wasser kochen und sogar
Bratkartoffeln darin brutzeln", sagte ich kichernd.

Hannes, unser Bursche der unschlüssig hinter mir stand,
schüttelte verständnislos den Kopf.

„Bratkartoffeln brutzeln", was ist denn das nur für eine
eigenartige Erfindung!"

„Ich muss den Helm reinigen", überlegte ich laut, „ich
fürchte du musst noch einmal Wasser holen Junge, oder nein,
ich werde selber gehen, begleite mich und zeige mir die
Quelle!"

Der Trip durch den Herbstwald tat mir gut, belebte und
beflügelte mich.

Die Sonne hatte sich hervorgewagt und täuschte uns den
trügerischen Schein eines Sommertages vor, die
Vogelstimmen vermischten sich mit dem Säuseln des
Windes. Wie verschwenderisch die Natur doch ist, was muss
ich mich nur mit so viel Sorgen plagen.

Leicht beschwingt folgte ich dem Jungen über Wurzeln und

Flechten und vernahm bald das Rauschen eines munteren
Bächleins.

„Wir müssen uns eilen Frau, die Sonne wird bald wieder
versinken", ermahnte er mich, als ich die Zeit vergaß,
Brombeeren naschte und nach Kräutern Ausschau hielt.
Ich reinigte das eiserne Gefäß im Wasserstrahl des
Fließgewässers so gut es mir möglich war, doch viel zu
schnell versank die Sonne und die Dämmerung senkte sich
über uns. Wir hatten einige Mühe den Rückweg zu finden.
Giesbert lag schwer atmend, so wie wir ihn verlassen hatten.
Augenblicklich lasteten die Sorgen wieder auf mir.

„Du musst das Feuer am Leben erhalten, lass es nicht
erlöschen!", ermahnte ich Hannes.
Diese Nacht fand ich keinen Schlaf, der keuchende Atem und
die scheußlichen Hustenanfälle, begleiteten das Knistern des
Feuers und das Rascheln der Ratten. Fast glaubte ich, den
Luftzug ihrer Leiber um mich herum zu spüren.
Noch vor dem ersten Morgenlicht, hatte ich einen
unumstößlichen Plan gefasst, welchen umzusetzen sehr viel
Mühe und Geschicklichkeit erfordern würde.
Die Männer lagen noch im Tiefschlaf, als ich mich
ankleidete. Ich wählte ein farbloses, wollenes Kleid,
schlüpfte in meine einzige mir verbliebene mollige Leggings,
die ich bisher nicht gewagt hatte zu tragen.
Wer sollte mich jetzt noch daran hindern.
Sie würde mich gut vor der aufsteigenden feuchte Kälte
schützen, oh welch wohliges Gefühl.
Sodann machte ich mich daran, Wasser zu erhitzen, doch
mein Vorhaben konnte nur gelingen, wenn das eiserne Gefäß

kein Loch aufwies.

Zu meiner Freude, brodelte die kostbare Flüssigkeit bald, ich kramte aus meiner Tasche zwei Teebeutel und warf sie in das siedende Wasser.

Nun hatte ich Mühe meinen Partner wach zu bekommen und ihn aufzurichten. Ich nötigte ihn das heiße Gebräu zu trinken.

„Du musst etwas Warmes trinken, lieber Giesbert, das wird dich wieder auf die Beine bringen!", drängte ich ihn aufmunternd.

Er würgte ein paar Schlucke hinunter und spie sie gleich wieder angeekelt aus.

„Pfui, das schmeckt ja wie Pferdepisse", zischte er. „Gib mir sofort meinen Weinschlauch", brüllte er zu dem verdatterten Hannes gewandt, „die Frau will mich vergiften!"

Er schlürfte gierig den roten Fusel, schluckte und schluckte, so das ich versucht war, ihm Einhalt zu gebieten, aber ich hielt mich zurück.

Erschöpft von der Anstrengung, wollte er sich nun zurücksinken lassen, doch ich hinderte ihn.

„Lass mich schlafen!", knurrte er.

„Du hast genug geschlafen, steh auf, bist du ein Mann oder eine jammernde Memme!", fauchte ich. „Sattele die Pferde Hannes", befahl ich dem Burschen, „wir müssen weiter!"

„Aber Frau"… stammelte der Angesprochene und stand unschlüssig vor der Tür.

„Hast du nicht gehört was ich dir befohlen habe!", bekräftigte ich und scheuchte ihn mit einer unmissverständlichen Handbewegung hinaus.

Ich wusste das es nicht leicht sein würde den Kranken auf ein

Pferd zu befördern. Es kostete unsere ganze Kraft und
Geschicklichkeit.

Endlich hing er schlaff, wie ein nasser Sack auf dem
Pferderücken.

„Wenn du dich nicht aus eigener Kraft festhalten kannst,
müssen wir dich festbinden. Wenn du herunterfällst, dann
bleibst du eben hier, was kümmert's mich!", drohte ich ihm.

So setzten wir unsere Reise fort und erreichten noch am
selben Tag den Ort, Namens Rosenheim.

Dort fanden wir ein Quartier in einem Wirtshaus.

Der erbärmliche Zustand Giesbert erregte die
Aufmerksamkeit des Wirtes, denn sein Befinden hatte sich
eher noch verschlechtert.

Der Wirt zeigte sich hilfsbereit und mühte sich mit uns, den
Hilflosen ins Haus zu schaffen.

„Ihr braucht einen Heiler!", bemerkte er, bedenklich den
Kopf wiegend. „Soll ich nach dem Bader schicken oder nach
einem Kräuterweib. Euer Gatte scheint in einem
besorgniserregenden Zustand zu sein!"

„Habt Dank guter Mann, aber auf einen Quacksalber, möchte
ich vorerst verzichten. Seid so gut und sorgt für ein warmes
Nachtlager, morgen werden wir weitersehen, für heute
wünsche ich ein deftiges Nachtmahl und einen heißen
Punsch!", verlangte ich, nachdem wir den im Fieberkoma
versunkenen Giesbert im Bett verstaut hatten.

Ich zog ihm die Decke bis ans Kinn und kühlte seine
glühende Stirn. Mehr vermochte ich nicht für ihn zu tun.

Er wird sterben, ein Kerl wie ein Baum, in der Blühte seines
Lebens, soll an einer simplen Lungenentzündung krepieren

und ich soll tatenlos zusehen, wie er sein junges Leben aushaucht?

Ich zog die Luft ein und straffte mich, ein Gedankenblitz fuhr in meinen Kopf. Hatte ich nicht noch einige Ampullen Penizillin in meinem Beutel entdeckt?

In fieberhafter Eile kramte ich nach der kostbaren Arznei.

Drei, oh sogar fünf Ampullen!

Ich wiegte die kostbaren, lebensrettenden Kleinode in den Händen. Wo sind die sterilen Spritzen?

Oh je, ohne sie ist alles zum Scheitern verurteilt, der winzige Hoffnungsschimmer verpufft, doch ich fand die begehrten Spritzen.

Es pochte an der Tür.

„Was ist?", fuhr ich die eintretende Magd ärgerlich an.

„Euer gewünschtes Essen hohe Dame", wisperte sie eingeschüchtert.

„Ach Gott- ja, stell es dort ab Kindchen. Bring mir noch frisches Wasser und saubere Tücher, es soll dein Schaden nicht sein!", fügte ich hinzu und steckte ihr eine Münze aus Giesberts Geldbeutel zu.

„Oh Madame, wir dürfen keine Geschenke annehmen, der Herr verlangt es!", hauchte sie errötend.

„Ach dein Herr weis es doch nicht, das bleibt unser Geheimnis", ermutigte ich sie. „Nun lauf und bring mir das Gewünschte!"

Sie knickste artig und entfernte sich eilig.

Ich wartete ungeduldig vor dem Krankenlager meines Weggefährten. Es wäre doch zu schade um so ein beeindruckendes Mannsbild wie dich mit deinem

Imponiergehabe, dich nicht mehr lachen und scherzen zu sehen.

Ich lauschte seinen schwachen Atemzügen, sah das Leben aus ihm entweichen. Sein Brustkorb hob und senkte sich kaum merklich, ein scheußliches Röcheln entrang sich seiner Kehle.

Oh oh, wenn es nicht schon zu spät ist, dachte ich, in aufkeimender Sorge.

Als das Mädchen mit einem Wasserkrug und einem Packen Tücher eintrat, wimmelte ich es schnell wieder ab, ich musste nun allein sein.

Hastig schlug ich eine Ampulle ab, zog die Spritze auf und injizierte ihm das heilsame Serum.

Er stöhnte kurz auf und versank sogleich wieder in ein tiefes Koma.

Es ist noch gar nicht so lange her, dass ich ein Leben mit eben diesem Serum habe retten können, Gaston, dem schwarzhaarigen Franzosen.

Doch war die Mühe vergebens, denn nur ein paar Monate später setzte der dumme Bengel seinem Leben aus unbegründeter Eifersucht selbst ein Ende.

Nun galt es zu warten, in vier Stunden würde ich die gleiche Prozedur wiederholen. In vier Stunden aber ist es längst dunkel, doch zum Glück habe ich meine Taschenlampe.

Meine Unruhe wuchs ins Unerträgliche. Die Zeit wollte nicht vergehen.

Nervös durchmaß ich den kärglich möblierten Raum, die wenigen Möbel verschmolzen mit der Dunkelheit.

Eine bleierne Müdigkeit lähmte mich, erneut setzte ich mich

zu Giesbert auf den Strohsack, tastete nach seinem Gesicht und strich ihm über die heißen Wangen.

Nur mit Mühe konnte ich dem Impuls, mich neben ihm auf dem Lager aus zu strecken widerstehen.

Wie angenehm wäre es jetzt der Wirklichkeit zu entfliehen und in einen erholsamen Schlaf zu versinken, ins Nichts, fern aller Sorgen.

Doch ich hatte noch eine Aufgabe zu erfüllen, ich durfte jetzt noch nicht schlafen.

Ich prüfte die Leuchtkraft der Taschenlampe, ein schwaches Licht erfüllte den Raum, bald würde es ganz erlöschen.

Wo sind die Batterien?

Panisch begann ich sie zu suchen.

„Verdammt nochmal", fluchte ich und erschrak vor meiner eigenen Stimme in der tödlichen Stille.

Bald wurde ich fündig, nun konnte ich meinen Plan umsetzen.

Zum zweiten Mal zog ich eine Spritze auf.

Mit zittrigen Fingern stach ich die Nadel in sein Fleisch.

Er regte sich nicht, schien den Einstich nicht zu spüren.

Erleichtert atmete ich auf.

Ich kramte nach dem Weinschlauch und hielt ihm das Mundstück an die Lippen.

„Du musst trinken, sonst wirst du vertrocknen wie eine Blume!", redete ich auf ihn ein.

Er schluckte instinktiv, verschluckte sich und hustete zum Gott erbarmen, seine Augen trafen mich.

„Du musst trinken", wiederholte ich und stützte seinen Kopf.

Jetzt gelang es ihm seinen Durst zu stillen, mit hastigen

Zügen sog er die Flüssigkeit ein und versank augenblicklich
wieder in einen Tiefschlaf.
Nun konnte ich mich entspannen und endlich Ruhe finden.
Ich entledigte mich meiner Oberbekleidung und kroch unter
die kratzige Wolldecke.
Mich schauderte bei meinen Überlegungen. Würde ich neben
einem kalten, starren Leichnam aufwachen?
Den Burschen hatte ich seit dem Mittag nicht mehr gesehen,
er mied offensichtlich meine Launen und würde seine Nacht
auf einem Strohlager bei den Pferden verbringen.
Vermutlich hockte er jetzt mit den Hofknechten im Stall, bei
einem munteren Kartenspiel oder hatte er sich längst
davongestohlen! Das sollte mich nicht wundern, bei dem
Pech das uns verfolgte.
Ein zaghaftes Pochen an der Tür weckte mich, ich glaubte
kaum eingeschlafen zu sein, doch ein paar Sonnenstrahlen
hatten sich in unsere Kammer verirrt und kündeten den neuen
Tag an.
Die Tür wurde aufgestoßen und der struppige Kopf des
Burschen erschien.
„Ach du bist es Hannes".
„Ich stehe zu Diensten Frau, was befiehlt Madame, soll ich
nun die Pferde satteln und"…
„Wie ist das werte befinden des Herrn Grafen?"
„Nun wie du siehst, hat sich nichts an seinem Zustand
verändert Junge, heute werden wir ruhen. Dir bleibt nur, uns
ein kräftiges Frühstück zu bestellen und dich nach dem
weiteren Weg unserer Reiseroute zu erkundigen!"
„Sehr wohl Frau Gräfin", entgegnete er mit einem

neugierigen Blick auf den Kranken der noch immer im Tiefschlaf darniederlag.

„Nun geh er und lass uns allein!", sagte ich ungeduldig.

Es war höchste Zeit für eine neue Injektion.

Drei Ampullen waren mir noch geblieben, doch sicher nicht genug, angesichts der Schwere seiner Krankheit, überlegte ich, während ich die dritte Spritze aufzog und die Nadel ihren Weg ins Muskelgewebe des Adonis fand.

Mitleidig betrachtete ich den schlaffen Körper, der noch immer kein Lebenszeichen zeigte.

Armer Kerl, so werden wir dich wohl hier zurücklassen müssen mein Held, verscharrt in fremder Erde.

Ich fühlte meine Augen feucht werden, ein ersticktes Schluchzen entrang sich meiner Kehle.

Ich muss stark sein, sonst werde ich untergehen, werde nie mein Ziel erreichen.

Morgen müssen wir weiterziehen, eine längere Verzögerung können wir uns nicht leisten.

Entschlossen raffte ich mich auf, trocknete mit dem Ärmel meine Tränen.

„Dumme Gans", schalt ich mich, strich meine Röcke glatt und eilte zur Tür, die in diesem Moment von außen geöffnet wurde.

Hannes erschien mit einem großen Brotlaib, kaltem Braten, Käse und wurstähnlichen Gebilden, sowie einem Topf mit einem undefinierbaren Brei.

Erst jetzt spürte ich meinen Hunger.

„Komm setzt dich zu mir, lass uns zusammen das Mahl einnehmen!", ermunterte ich ihn.

Ich kostete die dickflüssige Suppe und befand sie als essbar. Es gelang mir auch Giesbert einige Löffel davon einzuflößen. Den leeren Topf verstaute ich im Gepäck, er konnte mir noch sehr von Nutzen sein.

„Wir haben noch viel zu bereden, denn wir müssen uns gut bevorraten und die Reiseroute festlegen!"

Er nickte zu allem was ich sagte.

Voller Eifer breitete ich später die Kartenrolle vor ihm aus und deutete mit dem Finger auf die nächsten Orte, die es zu erreichen galt.

Doch ich merkte bald, dass er damit nichts anzufangen wusste.

„Du kannst keine Landkarte lesen, du Dummkopf, gib es zu!", rief ich ungeduldig, „sei es drum, so lastet alles auf meinen Schultern".

Mich hielt es nicht länger in der bedrückenden Kammer mit einem Idioten und dem ewig schweigsamen Gefährten.

„Ich brauche frische Luft und Zerstreuung, begleite mich zu einem Krämer!"

Glaubte ich nun einen gut sortierten Laden vorzufinden, mit allem von mir Benötigtem, so sah ich mich getäuscht, es war nur vertane Zeit. Unverrichteter Dinge, verzag und unbefriedigt traten wir wieder den Rückzug an.

So blieb uns nur, den Wirt anzugehen.

Mit dem wohlgefüllten Geldbeutel Giesberts, hatte ich alle Möglichkeiten, mit dem Halsabschneider die nötige Wegzehrung auszuhandeln.

Zudem würde ich ihm notgedrungen, jede verlangte Summe zahlen müssen, für die weitere Versorgung und seien es nur drei Tage der Pflege und ein anschließendes gemäßes Christliches Begräbnis.

„Ach Gott, warum musste alles so Enden!", klagte ich aufseufzend.

Mir war klar das der Alte mich listig übers Ohr hauen würde, hatte ich doch keinen Schimmer von dem Wert eines Hellers und Kreuzers.

Widerwillig fügte ich mich dem Handel und betrat mit Unbehagen unser kleines Reich. Mich erwartete der übliche Anblick.

Keuchend, von heftigen Hustenanfällen geplagt, wand er sich auf dem Lager und zeigte so noch eine Spur von Leben.

Als er sich beruhigte, reichte ich ihm den Weinschlauch und nötigte ihn zum Trinken, um ihn in einem stetigen, gnädigen Rausch zu halten.

Am späten Abend war mir noch eine letzte Ampulle geblieben, doch ich zweifelte inzwischen an deren Wirksamkeit. Dennoch drängte es mich, den allerletzten Versuch zu starten, obgleich ich keine Hoffnung mehr sah.

Der Abend senkte sich bereits wieder, tauchte die Umgebung in totale Schwärze, die Geräusche im Haus verstummten allmählich, als ich mich selbst zur Ruhe begab.

Ich hatte alles zusammen gepackt, morgen würde unser Weg uns trennen.

Es hat nicht sollen sein, das mit uns, mein schöner Prinz, wir sind nicht für einander bestimmt, ein Anderer wartet auf mich, wenn er noch wartet!

Fünf Jahre sind eine lange Zeit.

Ich wälzte mich unruhig von einer Seite auf die andere, der

ersehnte Schlaf wollte sich nicht einstellen.

Was würde noch alles auf mich einstürzen in der feindlichen Zeit, die nicht die Meine war.

Schutzlos der Willkür der verblendeten, abergläubischen Zeitgenossen ausgeliefert.

Meine Gedanken verirrten sich, glitten in wirre Träume.

So glaubte ich zunächst in einem Traum gefangen, als ich eine Stimme mürrisch, vorwurfsvoll vernahm.

„Warum liege ich hier faul herum am hellen Tag, haben wir nicht noch einen langen Weg vor uns, meine Holde?"

Wer sprach da zu mir? Erschrocken richtete ich mich auf und sah die klaren Augen von Giesbert auf mich gerichtet.

„Du – du bist wach liebster Giesbert?", stammelte ich erstaunt, „oh mein Lieber, so bist du also wieder von den Toten erwacht, bist auferstanden zu neuem Leben, mir wiedergegeben?"

Impulsiv beugte ich mich über ihn und drückte ihm viele kleine Küsse auf sein schweißnasses Gesicht.

„Was ist mit dir, was soll die Farce, bist du plötzlich in heißer Liebe zu mir entbrannt?", fragte er grinsend und griff nach mir.

Prompt vergoss ich heiße Tränen der Erleichterung.

„Du warst sehr krank", murmelte ich, ganz dicht an seinem Gesicht und strich ihm zärtlich über die Wangen.

„Ich glaubte es geht mit dir zu Ende", hauchte ich mit erstickter Stimme.

„Ja ich war wohl krank, ich fühl mich auch noch ein wenig schwach, aber glaub mir, mich wirft so schnell nichts um!", sagte er und wollte sich spontan erheben.

Doch ein Schwindel erfasste ihn und ließ ihn zurücksinken, gefolgt von einem bellenden Hustenanfall.

„Ach dieser lästige Husten", keuchte er, „aber, wenn das alles ist, so kann ich doch"…

„Schweig", fiel ich ihm ins Wort, „du weist ja gar nicht – ach es war so schrecklich dich so langsam sterben zu sehen, du warst so lange ohne Bewusstsein, so wisse, ich habe schon deine Beisetzung ins Auge gefasst!"

„Meine Beisetzung, hier in fremder Erde sollte ich den Weg in die Ewigkeit antreten?", sagte er fassungslos.

Ein hartnäckiges Klopfen an der Tür ließ ihn stocken.

Hannes erschien genau im rechten Moment, mit einer großen Platte köstlicher Speisen.

„Oh vortrefflich, ich habe Kohldampf wie ein Wolf", warf er ein und fiel hungrig über die dampfenden Speisen her.

„Komm Junge", brummte er gönnerhaft, „feiere mit uns meine Wiedergeburt!", forderte er den verdatterten Burschen auf.

„Ja da glotzt du, ich lebe noch, wie du siehst, du kannst gleich die Pferde satteln, wir haben schon genug Zeit vertrödelt!"

Ich horchte auf, konnte nicht glauben was ich hörte, zu schnell hatte sich das Blatt gewendet.

Kritisch musterte ich ihn, er spürte meinen besorgten Blick.

„Ich meine was ich sage, traust du mir keinen Ritt auf dem Pferderücken zu!", fragte er ungehalten, während er sich einen fetten Fleischbrocken in den Mund stopfte.

„Du willst heute noch aufbrechen?", fragte ich ungläubig.

„Ja freilich", bestätigte er, genussvoll kauend.

„Oh oh, wenn das man gut geht", murmelte ich kaum hörbar und sprang hastig auf.

Unsere wenigen Habseligkeiten waren schnell zusammengetragen.

Eine hektische Aufbruchsstimmung folgte der trostlosen Monotonie des untätigen Wartens.

Eine Stunde später schon, saßen wir hoch zu Ross, die Hufen der Pferde klapperten auf dem Pflaster, als wir durch das Stadttor trabten, neuen Abenteuern entgegen…

Mit frischem Mut, jagten wir durch Wald und Flur, es galt die Zeit aufzuholen.

An diesem Tag legten wir eine gewaltige Strecke zurück, es war ideales Reisewetter.

Giesbert hielt sich tapfer auf seinem Hengst, vorn übergebeugt auf dem ersten Blick, doch ich merkte bald das er dösend oder gar schlafend die Strecke überwand, er schien mit dem Pferd verwachsen.

Die Landschaft hatte sich verändert. Eine endlose Ebene tat sich vor uns auf.

Die Sonne stand schon tief, wärmte unsere Rücken, als wir es in der Ferne leuchten und blinken sahen.

„Die Donau, ist das wirklich schon die Donau?", „und die große Stadt dort, müsste Passau sein, lasst uns dort einreiten und einkehren, nur noch diese Stadt, oh Giesbert mach mir die Freude!", bestürmte ich ihn euphorisch.

„Wie könnte ich dir einen Wunsch abschlagen", brummte er gönnerhaft.

Wir rasteten eine Weile an dem großen Strom, ließen die

Pferde auf dem saftigen Ufergras weiden, bevor wir Einzug hielten.

Wir fanden ein Quartier in einem noblen Wirtshaus mit gutbürgerlicher Küche, na ja und halbwegs sauberen Betten. Giesbert streckte sich sogleich erschöpft auf seinem Lager aus und fiel augenblicklich in einen erholsamen Schlaf.

Ich stand noch lange am Fenster und schaute dem munteren Treiben auf der Straße zu.

In aller Frühe machten wir uns wieder auf den Weg, wir wollten keine Zeit verlieren, doch das goldene Oktoberwetter war über Nacht umgeschlagen.

Dicke Nebelschwaden waberten über dem offenen Land, eine seltsame, unwirkliche Stimmung umgab uns.

Wir ritten wie durch Wasserdampf, die feuchte Luft stieg aus den Wiesen empor. Ich hüllte mich fröstelnd in meinen Umhang und zog mir die Kapuze weit ins Gesicht.

Der Dunst der uns umgab, schien jedes Geräusch zu schlucken.

Über uns hingen schwere graue Wolken, schweigsam galoppierte unser kleiner Treck dahin, in ein unbekanntes Gefilde. Weiter und weiter, kaum, dass wir uns Rast gönnten.

Die Hoffnung, die Sonne möge durch die dicke Wolkenschicht hervorbrechen, blieb unerfüllt.

So senkte sich schon bald die Dunkelheit über die unendliche Ebene.

In der Ferne tauchte eine verlassene Wassermühle zwischen schwarzen Brandruinen auf.

Erleichtert aufatmend machten wir halt.

Völlig erschöpft ließ sich Giesbert vom Pferd gleiten.

Er hatte sich erstaunlich gut gehalten, mir war allerdings nicht entgangen, das er des Öfteren auf dem Pferderücken eingenickt war.

Nun hatte er große Mühe sich auf den Beinen zu halten und schwankte wie betrunken unter die schützenden Balken unseres ungewöhnlichen Nachtquartiers.

Wir hatten ein Dach über dem Kopf, waren geschützt vor Sturm und Regen, doch es bot uns keinerlei Schlafunterlagen und wäre es nur ein Heuhaufen. Die Dielen knarrten und die morschen Stufen knackten verdächtig, als wir uns in die Höhe der Mühle wagten.

Hier fanden wir alte Mehlsäcke vor, die vermutlich schon so manchem müden Wanderer als Nachtlager gedient haben mochten.

Ich trat an eine Sichtluke.

„Was mag den Menschen zugestoßen sein, die hier einst ihr Leben verbrachten", murmelte ich sinnend.

Doch ich erhielt keine Antwort, nur ein Schnarchen.

Lang ausgestreckt auf dem halb verrotteten Leinen, lümmelte Giesbert und war nicht mehr ansprechbar.

Nun gut, ich jedenfalls werde noch einen erquicklichen Gang durch die geheimnisvollen Ruinen machen.

Mit einem mulmigen Gefühl betrat ich zögernd den geisterhaften Ort. Stapfte über Steinhaufen und verkohlte Holzbalken, bahnte mir mit den Füßen schiebend meinen Weg durch das Geröll.

Was ich zunächst für Geäst hielt, entpuppte sich bei näheren Hinsehen, als Gebeine, menschliche Überreste.

Zarte Knochen die nur von Kindern stammen konnten.

Ich vermeinte den ätzenden Brandgestank noch zu riechen und mir schien, als stieg noch immer Rauch auf. Sollte das Unglück erst vor kurzer Zeit geschehen sein, hat hier womöglich die Pest oder eine andere Epidemie gewütet und ist dieser Ort mutwillig angezündet und verbrannt worden, um alle Keime der Krankheit zu vernichten?

Befand ich mich inmitten der Brutstätte des Unheils.

Was war hier geschehen?

Ein Grusel packte mich. Eilig verließ ich die unheimliche Stätte des Grauens. Ich muss mich schleunigst reinigen, meine Hände und Schuhe waren schwarz.

Nun hielt ich Ausschau nach einem Tümpel und fand alsbald einen kleinen Teich.

Hastig beseitigte ich alle Spuren meines unüberlegten Ausflugs. Doch konnte das Wasser nicht auch verseucht sein? Grübelte ich, während ich der windschiefen Mühle zustrebte.

„Wo warst du?", empfing mich Giesbert vorwurfsvoll, als ich Stunden später wieder unser Lager betrat.

Er hatte sich inzwischen an dem mitgeführten Fusel gestärkt und sich reichlich am Weinschlauch bedient.

Ich roch es und sah es an seinen glasigen Augen.

Du bist ein Säufer, war ich versucht zu sagen, doch ich hielt mich zurück. Angesichts der trüben Aussichten, war es noch das geringste Übel, des Mannes Drang und Bedürfnis nach einem Rausch um alles in einem erträglichen Licht erscheinen zu lassen.

Doch gleichwohl konnte ich mich nicht enthalten, ihn zu necken.

„Ich habe mich mit meinem Liebhaber getroffen, da unten in den Ruinen", witzelte ich kichernd.

„Du müffelst, du stinkst wie ein ganzer Dunghaufen. Bei nächster Gelegenheit solltest du ein Bad nehmen und ich auch!", fügte ich hinzu und rümpfte die Nase.

Der Himmel hatte sich aufgeklärt, nachdem die Wolken sich fast verzogen hatten, begrüßte uns eine milchige Sonne.

Wir ignorierten die späte Jahreszeit, wurden leichtsinnig und mieden die Städte, sie würden uns nur unnötige Zeit kosten und umritten sie auf Schleichwegen.

In der Ferne erblickten wir die blauen Berge, - nein es war Wald, ein endlos erscheinender Wald war es, der uns bald aufnahm.

„Am schönsten ist es durch den Wald zu reiten!", tat ich meine Meinung kund.

„Das mag wohl sein meine Schöne, aber bedenke die ständige Gefahr, hinter jedem Busch oder Baum kann ein Unhold lauern", belehrte mich mein Reisegefährte.

„Wir haben jetzt also endlich den Böhmer Wald erreicht, am Ende Böhmens thront das Riesengebirge, das Ziel meiner Sehnsüchte, ich kann es kaum glauben!"

Meine Stimmung besserte sich mit jeder Meile die wir zurück legten, all die Strapazen der Reise erschienen mir nebensächlich.

Als hätte er meine Gedanken gelesen, sagte er:

„Das Riesengebirge sollten wir umgehen!"

„Oh das brauchen wir nicht", warf ich ein, „ich kenn einen Tunnel durch den Berg, darin können wir das Riesengebirge bequem durchqueren und auf der anderen Seite, wenn wir wieder das Licht und die Sonne erblicken, haben wir schon das Schloss deiner Verwandten vor Augen!"

„Glaub mir, diesen Tunnel kenn ich sehr gut, habe ihn schon oft passiert!"

Oh mein Gott, wenn wir ihn doch erst erreicht hätten, dachte ich hoffnungsvoll. Doch bis dahin werden vermutlich noch Wochen vergehen. „Hoffentlich bleibt uns das schöne Wetter treu", murmelte ich.

„Vergiss nicht, es ist schon Oktober", entgegnete mein Reisebegleiter mahnend.

Wir nächtigten im Freien unter einer stattlichen Riesenlinde und setzten in aller Frühe unsere Reise fort.

Die Landschaft ging in bergiges Terrain über, unser Weg führte über Klippen und Schluchten. Je höher wir kamen desto kälter wurde es, mit Sorge sahen wir der Nacht entgegen.

In der Felswand entdeckten wir eine rettende Höhle.

Der Eingang war so niedrig, das wir auf allen vieren hineinkriechen mussten, aber sie würde uns Schutz vor der Kälte bieten.

Es roch nach Moder und Fäulnis. Wir richteten uns ein so gut es ging.

Aus der Mühle hatten wir uns einen Packen der Mehlsäcke mitgenommen und richteten sie als Lager her.

All das ertrug ich klaglos, nichts konnte mich mehr schrecken, angesichts des immer näher rückenden Zieles.

Ein kleines prasselndes Feuerchen am Höhleneingang, ermunterte uns mehr als das es uns wärmte.

Wir wärmten uns gegenseitig, rückten eng zusammen und verspeisten genüsslich unsere Wegzehrung.

Ich träumte versonnen von der Zukunft, die mich erwarten würde, von meinem Garten, meinem weichen Bett mit der Daunendecke, einem heißen Duftbad, dem wohlgefüllten Kühlschrank und nicht zuletzt, von meinem Liebsten, in dessen Armen ich Erfüllung finden und jeden Morgen erwachen würde. Weiter ersehnte ich die feudalen Bälle im Grafenschloss im hellerstrahlenden Festsaal, Musik, Tanz und den Duft von 1000 Kerzen und…

Doch ich lag nicht in seinen Armen, ein übel-riechender Vorzeitmensch, ein Barbar war es, der mich wärmte und besitzergreifend an sich drückte.

Gut gelaunt begann er zu erzählen, von seiner Kindheit, dem despotischen Vater und der gutmütigen Mutter.

Er sprach von einer rauen, aber wohlbehüteten Jugend, dem Drill beim Fechtunterricht, den ersten Kämpfen und Überfällen, Raubzügen, Plünderungen, Morden, Gefangennahmen und Schändungen anno 13 Hundert.

Ich lauschte erschaudernd und hingerissen.

„Eins verstehe ich nicht!", unterbrach ich ihn, „ich bin noch immer nicht dahintergekommen, welcher Nationalität ihr angehört. Seid ihr nun Italiener, Franzosen, Schweizer oder Deutsche?"

„Nun ja, das weis ich selbst nicht so genau, wir sind wohl von allem ein bisschen!"

„Ich verstehe, die Landesgrenzen haben sich im Laufe der Zeit, öfters verändert, du kommst also aus dem Niemandsland!", bemerkte ich lachend.

Ein merkwürdiges Pfeifen weckte uns aus seligem
Schlummer.
Erschrocken vernahmen wir das ohrenbetäubende Sausen,
der Wind, vielmehr ein Sturm war es. Er jaulte wie ein Rudel
Wölfe und trieb uns aus unserem warmen Lager zum
Höhlenausgang.
Dicke Flocken wehten uns ins Gesicht. In wenigen Stunden
hatte sich die Welt unter einer weißen Schneedecke
verkrochen.
Erschüttert sahen wir uns in einer unentrinnbaren
Schneewüste gefangen.
„Wir werden elendig verhungern, erfrieren und von den
Wölfen gefressen, jammerte Hannes.
„Mein Mütterlein wird mich nimmer mehr wiedersehen!"
„Schweig du Kindskopf, wie alt bist du, dass du nach deiner
Mutter flennst", wies ihn Giesbert herablassend zurecht.
„Ich bin fast 16, aber meinen Geburtstag werde ich nicht
mehr erleben", klagte der Junge weinerlich. „Denn seht Herr,
die Geisterreiter dort, ihnen folgen die Wölfe, sie werden uns
töten!", er wies aufgeregt in die Höhe.
Die Tannenspitzen hatten einen Teil des Schnees
abgeworfen, sie schaukelten und bogen sich im Sturm.
Die Fantasie ließ sie im Dämmerlicht des erwachenden
Morgens zu furchteinflößenden Geistergestalten erwachsen.
„Die Geisterreiter, fürwahr, oh das ist kein gutes Omen",
griff Giesbert das Wort auf. „Verberge dich vor ihnen Liebes,

dann verschonen sie dich mit ihren Speeren aus Eis!",
belehrte er mich.

Belustigt musterte ich ihn von der Seite, suchte eine Spur von
Witz in seinem Gesicht, doch er glaubte offensichtlich was er
sagte.

„So ein Unsinn, ich kenne keine Geisterreiter, habe nie von
ihnen gehört, nur Geisterfahrer auf der Autobahn sind mir
bekannt!", fügte ich hinzu und zog mich kopfschüttelnd
zurück.

Ich bibberte vor Kälte in meinem dünnen Unterkleid.

„Ein Feuer muss wieder entfacht werden!", wies ich den
Burschen an.

„Ja mach Feuer du nutzlose Memme", bekräftigte Giesbert
meine Worte.

„Aber Herr, wo soll ich denn trockenes Brennholz
herbekommen, alles liegt unter einer dicken Schneedecke!",
rief er und raufte sich nervös die Haare.

„Wir werden gemeinsam Holz sammeln gehen!", sagte ich
entschlossen und wickelte mich in mein Cape, zog die
Kapuze bis an die Augen und schickte mich an, zu gehen.

So ein bisschen Schnee kann mich nicht an meinem
Vorhaben hindern und der Sturm schon gar nicht, schließlich
habe ich im Gebirge die meiste Zeit meines Lebens
verbracht, dachte ich, als ich mit eisernem Griff gepackt und
festgehalten wurde.

„Du kannst nicht gehen, bedenke die Gefahren die deiner
lauern!", beschwor mich Giesbert eindringlich.

„Dummes Zeug, ihr mit eurem albernen Aberglauben, könnt
mich nicht abhalten, von dem was getan werden muss",

widersprach ich, „was soll mir schon geschehen, wenn ihr mich begleitet!"

„Unter dem Schnee ist das Reisig fast trocken, zudem ist der Schnee von Vorteil, so haben wir immer frisches Wasser direkt vor der Tür!"

„Bah – was brauchen wir Wasser", brummte Giesbert mürrisch, „ich werde gewiss kein Wasser saufen, dessen sei gewiss!"

„Du wirst dich noch wundern wozu wir Wasser brauchen, wenn der Magen knurrt, haben wir nicht ein Säckchen Getreide und Bohnen, wie sollte ich das ohne Wasser kochen, he?"

„Wie willst du kochen ohne einen Topf?"

„Darüber mach dir keine Gedanken", erwiderte ich hitzig.

„Ich werde jagen, ein Wildschwein erlegen, einen Hasen, ein Rebhuhn oder einen Hirsch, mit meiner Armbrust", prahlte er.

„Ja ja, damit kannst du dich beizeiten noch beweisen, doch zuallererst benötigen wir Brennholz für ein Feuer oder willst du dein Wildbret roh verspeisen?"

Widerwillig fügte er sich und wickelte sich in seine Beinlinge, schwerfällig beugte er seine Knie vor dem niedrigen Höhlendurchgang ins Freie.

Kaum das wir uns durch die schmale Öffnung gezwängt hatten, wurden wir schon von einer wilden Böe erfasst und mussten mit aller Kraft dagegen kämpfen.

Das erinnerte mich an meine Kindheit, wenn wir uns mutwillig dem Wind entgegen gelehnt, einer übermächtigen Gewalt und Stärke, die uns den Atem nahm.

Na ja, mir waren diese Naturgewalten zu genüge vertraut.
Während Giesbert und seine Sippe stets im Schutz der Berge,
wie von Riesen beschützt und behütet wurden und derartige
Orkane wohl kaum erlebt hatten.
Wir kämpften uns mühsam durch die weißen Massen.
Giesbert stapfte fluchend voran.
Erhitzt durch die Anstrengung, spürten wir die Kälte kaum.
Es ist gar nicht so kalt, stellte ich bald fest, wenn nur dieser
durchdringende Sturm nicht wäre, doch meine unpassende
Kleidung und meine bloßen Beine unter den langen Röcken,
setzten mir arg zu.
Zu dritt schafften wir einen beachtlichen Vorrat an
Knüppelholz und Reisig zusammen, das würde uns eine Zeit
lang mit wohliger Wärme versorgen.
Erschöpft, doch guter Dinge erreichten wir wieder unseren
Hort.
Als das Feuer munter prasselte, die Funken stoben und wir
uns die klammen Hände warm gerieben hatten, vergaßen wir
schnell die vergangene Plackerei.
Wir verzehrten hungrig die mitgebrachten Speisen.

Unsere Vorräte schmolzen dahin, mit wachsender Besorgnis,
betrachtete ich nach drei Tagen die kärglichen Überreste, die
uns noch blieben.
Nach weiteren zwei Tagen war unser Vorrat erschöpft.
Der Sturm hatte sich gelegt, jedoch es schneite unermüdlich
weiter.
„Ich werde jagen gehen" eröffnete Giesbert am Morgen des
fünften Tages, „komm Junge, machen wir uns auf den Weg",

bestimmte er und kramte entschlossen seine Armbrust hervor.

„Wir werden dir einen fetten Fasan und zarte Karnickel mitbringen", prahlte er großspurig mit seinem knabenhaften Lächeln.

Er schupste den widerstrebenden Jungen vor sich her.

Voller Zuversicht sah ich sie im Unterholz verschwinden. Die Pferde standen noch immer geschützt unter einem Felsvorsprung, sie müssen noch versorgt werden, dachte ich beiläufig und zog mich fröstelnd in die anheimelnde Höhle zurück.

Ich hatte am Abend zuvor dicke Bohnen eingeweicht, nun blubberten sie schon eine Stunde in dem Kessel, den ich heimlich im Wirtshaus stibitzt hatte.

Im Notfall könnte ich auch von dem Weizen und dem Hafer für die Pferde, einen Topf voll einweichen, quellen lassen und für uns kochen. Ein nahrhaftes, sättigendes Gericht, doch ich hatte keinerlei Gewürze um sie schmackhaft zu machen. Eine gute Prise Salz, hätte ich doch nur Quendel, der reichlich an Wiesen wuchs, sowie Gundelrebe, Ampfer, Wiesensalbei und Minze beizeiten gesammelt, schalt ich mich ärgerlich.

Die Zeit kroch dahin. Ich versorgte die Pferde, hielt mich unnötig lange bei ihnen auf, tätschelte ihre Flanken und redete dummes Zeug zu ihnen.

Anschließend rührte ich im Kessel die faden Speisen aus Weizen und dicken Bohnen, nun gut, sie würden den Hunger stillen, falls…

Meine Unruhe wuchs, schon senkte sich wieder die

Dunkelheit über das Land. Ich lauschte auf die erlösenden Geräusche, sich nähernder Stimmen.

Warum dauert das so lange, ein Wild zu erlegen? Längst war es dunkel, nur der Schnee erhellte den Wald, als ich von meinem Aussichtspunkt eine Gestalt zwischen Büschen sich nähern sah.

Warum ist es nur Einer, wo ist der Andere? Dachte ich alarmiert.

Im Näherkommen erkannte ich Hannes, er kam allein zurück. Vermutlich haben sie ein großes Wild erlegt, ich muss ihm mit einem Pferd entgegen reiten. Wir sollten die Kraft der Pferde nutzen anstatt sie untätig herum stehen zu lassen. Doch die hilflosen Gesten des Jungen, ließen mich schlimmes erahnen.

Wie gehetzt stolperte er mir entgegen. Mit auffälligen wilden Gebärden, machte er sich, lautstark jammernd bemerkbar. Das pure Entsetzen stand in seinem Gesicht geschrieben.

„Was ist geschehen?, so rede doch Junge, ich kann dein Gestammel nicht verstehen!"

„Ein riesengroßer Bär hat ihn zerfleischt, er ist tot, oh mein Gott, ich habe alles gesehen!", heulte er und wollte an mir vorbei stürmen, in die rettende Höhle.

„Warum hast du ihm nicht geholfen?, du bist ein Feigling!", rief ich außer mir, packte und schüttelte ihn.

„Wie hätte ich ihm helfen können, ohne Waffe", wimmerte er und klammerte sich schutzsuchend an mir fest.

Der Rotz lief ihm aus Mund und Nase.

„So beruhige dich!", zischte ich und strich ihm besänftigend über den Rücken. „Wo liegt er? Du musst mich zu ihm führen, jetzt gleich", bestimmte ich energisch.

„Ich weis nicht mehr wo das ist!", schluchzte er und schüttelte sich vor Grauen.

„Ach Junge, wir brauchen doch nur die Spuren zurückverfolgen, so komm jetzt!"

„Nein - oh nein, ich werde nicht wieder dahin zurückgehen!", beharrte er und stapfte an mir vorbei.

„Sattle auf der Stelle den Hengst Bengel, oder bist du dazu nicht mehr in der Lage. Führ mich zu ihm, dann kannst du dich wie ein kleines ängstiges Mädchen hinter dem Ofen verkriechen!", fauchte ich spöttisch.

Plötzlich blitzte es in meinem Kopf auf, wie dumm von mir, mich ohne Waffe in solch eine tödliche Gefahr begeben zu wollen. Ich besitze doch eine Waffe!

Vor 10 Tagen erst, habe ich, zwischen Feuerzeugen, Batterien der Taschenlampe, dem Fotoapparat, erstanden einst in vergangener Zukunft im Jahre 2040 etwa, auch den Colt in meiner Reisetasche gesehen. Unseren alten Colt, Jahre lang schon begleitete er mich auf meinen endlosen Irrwegen, ohne jemals benutzt worden zu sein.

Na ja, einmal hatte er mich fast zur Mörderin werden lassen, damals vor langer, langer Zeit… in einem anderen Leben.

Ich prüfte die Munition, er war noch immer geladen!

Auf dem Pferderücken hockend, folgte ich den Spuren im
Schnee. Ich wusste nicht was mich erwarten würde, hatte
keine Ahnung welche Strecke ich noch vor mir hatte.
Der Schein der Taschenlampe zauberte bizarre Gebilde,
formte tanzende Spuckgestalten.
Das Pferd folgte instinktiv den Spuren im Schnee, als ich
kaum hörbar, Hufgetrappel hinter mir vernahm.
Der Junge hat doch mehr Mumm, als ich glaubte.
Er hatte inzwischen aufgeholt und ritt nun dicht hinter mir.
„Dort ist es!", rief er schaudernd und deutete auf einen
Punkt, hinter den Büschen verborgen.
Ich lenkte das Pferd in die angegebene Richtung, ließ den
Strahl der Taschenlampe den Ort des grausamen Geschehens
erleuchten und sah es nun mit eigenen Augen.

Der angeblich große Bär war ein Jungtier, wohl erst im Frühjahr geboren, das sich offenbar im Spiel beweisen wollte. Doch sein ungleicher, fellloser Gegner, konnte seinen groben Tätscheleien, nicht lange standhalten.

Er hockte verwundert neben dem seltsamen Wesen, Namens Mensch, das nun bewegungslos am Boden lag und ihn zu langweilen begann.

Bei unserem Anblick richtete er sich neugierig auf und tapste uns ein paar Schritte entgegen.

Die unbekannten riesigen Vierbeiner jedoch, auf denen wir thronten, jagten ihm offensichtlich Furcht ein. Er stieß erbarmungswürdige Laute aus und begann den Rückzug.

„Die Mutter wird ihn vermissen und nach ihm suchen, hör nur wie er nach der Mama schreit, sie ist die größere Gefahr", flüsterte ich dem Jungen zu.

Kaum hatte ich die Worte ausgesprochen, als wir es im Unterholz knacken hörten.

Ein haariges Riesenmonster, furchteinflößend, Gozilla in Person, brach durch das Geäst, die Bärenmutter - schäumend vor Wut, ihr Junges in Gefahr zu sehen.

Ich starrte entsetzt auf das mordrünstige Wesen, das sich uns unaufhaltsam näherte.

Ich fühlte mich einen Moment wie im Albtraum gefangen.

Doch zum Ängstigen war keine Zeit, ich musste umgehend handeln.

Ich packte das Schießeisen mit beiden Händen, zielte und schoss. Die Bärin zuckte zusammen, schien getroffen, doch sie lief weiter, stapfte mir unaufhaltsam entgegen, kam immer näher.

In höchster Not, brüllte ich aus Leibeskräften unflätige
Worte, um sie zu erschrecken. Ich zielte und feuerte erneut,
zweimal, dreimal.
Sie erhob ein schauderhaftes Gebrüll gen Himmel, bäumte
sich ein letztes Mal auf und sackte zu Boden.
Benommen ließ ich mich vom Pferd gleiten. Mit zittrigen
Knien, schwankte ich zu dem sterbenden Tier, um mich von
seiner Ungefährlichkeit zu überzeugen.
„Die macht keinen Mucks mehr!", bemerkte mein junger
Begleiter und folgte mir mutig.

Endlich konnte ich meinen leblosen Reisegefährten in
Augenschein nehmen.
Er hatte ein paar hässliche Wunden am Hals und an den
Armen davongetragen, doch das Gesicht war eine blutige
Masse. Aber er atmete gleichmäßig, der Schock hatte ihn
gelähmt.
„Du lebst", hauchte ich erleichtert, „du wirst weiterleben,

wach auf liebster Giesbert!"

Ich schüttelte ihn ungeduldig, bis er endlich die Augen aufschlug.

„Der Spuk hat ein Ende, komm die Pferde warten".

Mit vereinten Kräften, hievten wir ihn auf den nervösen Hengst und traten erleichtert den Rückweg an.

Die Wunden werden heilen, doch eine Sepsis kann nicht ausbleiben, dachte ich besorgt.

In der Höhle angekommen, verarztete ich seine Wunden, so gut ich es vermochte, ich kramte in meinem Beutel. Jetzt kam mein Desinfektionsspray zum Einsatz.

Zum Glück besaß ich noch sterile Wundauflagen in meinem Bestand, ohne die er mit Sicherheit einer bösen Blutvergiftung erliegen würde.

Am folgenden Morgen, nach einer unruhigen Nacht, eröffnete er mit treuselig: „Ich habe einen fetten Truthahn und ein zartes Rehkitz erjagt, du kannst sie am Feuer schmoren!", waren seine ersten Worte, als er erwachte.

„Ich fürchte du musst noch einmal losziehen Hannes!", bemerkte ich darauf hin grinsend, „oder hast du noch immer Angst vor den Waldgeistern, jetzt kannst du dich als Mann erweisen!"

„Oh nein, verlangt nur das nicht von mir", jammerte er händeringend.

„Wie du meinst, nun denn, so werden wir mit der faden Bohnensuppe unseren Hunger stillen, anstatt mit einem saftigen, duftenden Braten, hier, hast du dein Mittagessen", sagte ich und klatschte ihm eine Portion dicker Bohnen auf einen flachen Stein.

„Genieße es, denn auch die nächsten Tage wirst du dich damit begnügen müssen!"

Missmutig machte er sich hungrig wie ein Tier darüber her. Doch schon den dritten Happen spie er angewidert aus.

„Puh, das schmeckt ja fürchterlich, wie Ausgekotztes!"

„Nun ja es stillt den Hunger", bekräftigte ich und begann meinerseits die Pampe herunter zu würgen, „du musst dich schon damit abfinden, wenn du nicht verhungern willst!", fügte ich hinzu.

Als ich aufsah, war er verschwunden.

„Was meinst du, werde ich nun sterben?", schreckte mich eine krächzende Stimme neben mir aus meinen Gedanken.

Er hatte seinen Kopf mühsam erhoben und stierte mich mit blutunterlaufenen Augen an.

Eine grauenhafte Fratze bot sich meinen Blicken.

Er sieht zum Fürchten aus, wie Dracula, dachte ich erschrocken. Sein Gesicht war stark angeschwollen und schimmerte in allen Rot und Blautönen.

Die scheußlichen Wunden begannen zu verkrusten.

„Nein sterben wirst du sicher nicht, wenn du geduldig meinen Anweisungen folgst und brav liegen bleibst, zumindest die nächsten Tage, alles Weitere lass mich nur machen, ich habe heilende Hände!", sprach ich beruhigend auf ihn ein und zog ihm die Decke bis zum Hals.

„Die Schmerzen plagen mich und mich dürstet es fürchterlich, gönnst du mir einen Schluck aus meinem Weinschlauch?"

„Aber ja, trink nur, das wird deine Schmerzen lindern und dich in einen gnädigen Schlummer sinken lassen!"

Ach der Ärmste, was hat er denn sonst, als sich in einen betäubenden Rausch anzutrinken, dachte ich und reichte ihm das Mundstück an die aufgesprungenen Lippen.

Er schluckte in hastigen Zügen und fiel alsbald wieder in einen erholsamen Tiefschlaf.

Nun sitzen wir hier fest, in einer muffigen Höhle, wärmen uns am offenen Feuer wie die Steinzeitmenschen.

Nun, die Zeit wird richten, wie lange es dauern mag.

Aber was sollen mir diese vielen Prüfungen, wozu ist das alles nötig, warum werde ich so gestraft, was soll uns noch alles widerfahren auf diesem verfluchten Weg?

Einer Eingebung folgend, nutzte ich die Ruhe, um ein paar
Fotos von dem Geschundenen zu schießen.

Meine Güte, warum habe ich es nur versäumt - die vielen
Gelegenheiten, Landschaften, Gesichter und urige Gewölbe
der endlosen Odyssee unserer Reise in Bildern festzuhalten.
Dieses Versäumnis ist unwiederbringlich vertan!

Das wird sich jetzt ändern, von nun an werde ich alles
Sehenswerte ablichten, wer außer mir hat schon die
Möglichkeit, 13 Hundert, wie es wirklich zuging, in bunten
Bildern einzufangen und festzuhalten!

Von einer plötzlichen Euphorie ergriffen, schoss ich Fotos
von der Höhle in der wir hausten, ich drehte mich im Kreise,
um jeden Winkel zu erfassen.

So erwischte ich auch den Jungen, der mittlerweile ächzend
unter seiner Last, sich durch den engen Eingang quälte.

Der Blitz erschreckte ihn, so dass er seine Beute fallen ließ
und mich verwundert anstarrte.

„Was macht ihr da, was ist das für ein Teufelskasten, wozu
ist der Nutze?"

„Ach das ist nur ein Spielzeug der Geister, das hat nichts zu
bedeuten Junge!", tat ich die Angelegenheit ab und begrüßte
ihn überschwänglich, um ihn abzulenken.

„Seht was ich mitgebracht habe!", sagte er stolz.

„Du bist ein Held", entgegnete ich erfreut und begutachtete
das erlegte Wild mit gemischten Gefühlen, wer wird es
ausnehmen?"

„Oh das kann ich, mein Onkel ist Metzger, gebt mir ein scharfes Messer Frau!"

Die folgenden Stunden verbrachten wir in rastloser Geschäftigkeit, schnitten, teilten und sortierten die besten Stücke, der Ort unseres Wirkens glich einem Schlachtfeld. Doch nun standen wir ratlos vor den bluttriefenden Fleischmassen. Wie sollte ich so viel Fleisch garen und haltbar machen, wenn ich doch nur Salz hätte.

„Was nutzt mir das heißeste Feuer, ohne Bratspieß, Grill und Pfannen", jammerte ich händeriggend.

„Oh, das ist kein Problem, das Herz und die Leber, verspeise ich roh, das gibt mir Kraft", verkündete mein junger Gehilfe eifrig.

„Aber das Herz und die Leber stehen dem Jäger zu, der das Tier erlegt hat", hielt ich abwägend dagegen, „er muss wieder zu Kräften kommen, so unsinnig das auch erscheinen mag, allein der Glaube zählt!"

So blieb mir zunächst nur, das wenige Fett in dem einzigen Kessel auszulassen und ein beachtliches Stück Nackenbraten darin zu schmoren.

Ein köstlicher Duft erfüllte bald den Raum und erweckte Giesbert zu neuem Leben. Er bekundete lautstark seinen Hunger. Ich präsentierte ihm die rohe Leber und das Herz des Rehwildes. Die Leber verschlang er genüsslich.

„Das Herz aber mag ich lieber gebraten", verkündete er schmatzend.

Für unser leibliches Wohl war nun gesorgt.

Vielmehr bereitete mir unser Fortkommen große Sorgen. Das Wetter schlug um, ein warmer Wind von Süden, ließ innerhalb eines Tages den Schnee zu einer matschigen Masse zusammenfallen.

Die Pferde wurden unruhig, doch mein Begleiter gefiel sich in der Rolle des hilfsbedürftigen, leidenden Kranken.

Zugegeben, er bot ein Bild zum Gotterbarmen, aber das war nur äußerlich, hatte nicht mit der Kraft zu tun, die dem Körper innewohnt.

Gleichwohl gab er sich geschlagen, mutlos und unfähig sich endlich aufzurappeln.

„Steh endlich auf oder willst du dich fortan hinter dem warmen Ofen verkriechen, nun denn, so werden wir dich hier zurücklassen müssen!", warnte ich ihn kopfschüttelnd, nach weiteren vier Tagen unserer erzwungenen Rast.

„Du kannst uns ja folgen, wenn du dich dazu in der Lage siehst, besser noch, du kehrst wieder zurück zu deiner Sippe!", bemerkte ich bissig.

„Aber ich kann euch nicht begleiten, man wird erschrecken bei meinem Anblick", warf er ein und fuhr sich fahrig über das entstellte Gesicht.

„Bah – ein Mann braucht sich seiner im Kampf erworbenen Narben nicht zu schämen, ein Kampf mit einem Bären, den du überlebt hast, wird dich zum Helden machen, zeugt er doch von Kraft und Mut!"

„Ich werde dich ein letztes Mal verarzten, deine Wunden reinigen und verbinden, hernach musst du dich entscheiden, ich bin es allemal leid mir dein Gejammer anzuhören!", brauste ich auf, füllte den Eisenhelm mit Wasser und machte mich an die heikle Angelegenheit.

Die blutigen Kratzer am Hals, Brust den Armen und Händen,

heilten besser als ich vermutet hatte.

Doch die tiefen Fleischwunden im Gesicht, bereiteten mir Kopfzerbrechen.

Nun auch sie werden abheilen mit der Zeit, ihn jedoch für eine Weile ziemlich verunstalten und hässliche Narben zurücklassen.

„Du bist zwar nicht mehr der Schönste, doch dein Charme, dein derbes Erscheinungsbild ist umso interessanter und wird dich keineswegs auf zukünftiger Brautschau beeinträchtigen", säuselte ich augenzwinkernd.

„Was faselst du da von Brautschau, bist du nicht meine Braut?"

„Ach wenn schon, ihr Männer trachtet doch ein Leben lang nach passenden Gelegenheiten, eine Frau aufzureißen und du bist gewiss kein Kostverächter", fügte ich vieldeutig hinzu. Halbwegs besänftigt versuchte er sich zu erheben.

„Glotz nicht so Kerl", fuhr er den Jungen an der neugierig unserem Wortgefecht gelauscht hatte, „helf mir auf die Beine du Nichtsnutz, die ungeduldige Frau will aufbrechen, mit mir, einem Krüppel!"

Nachdem er nun endlich auf den Beinen stand, wankte er auf den Jungen gestützt, unbeholfen durch die Höhle.

„Nun lass die Pfoten von mir oder glaubst du ich kann nicht alleine gehen?", knurrte er launisch und stieß ihn ärgerlich von sich, „lasst mich alleine, raus mit euch und sattelt die Pferde!"

Der so gescholtene Bursche trollte sich.

Ich hingegen kramte ein paar Handschuhe, derbe Fäustlinge aus meinem Gepäck hervor und streifte sie dem

Wiederstrebenden geschickt über die Hände.

„Was soll das nun wieder, bin ich eine Mumie", brummte er misstrauisch und ließ es widerwillig über sich ergehen.

Die Sonne stand schon hoch am Himmel, als wir den Weg mit frischem Mut gen Norden aufnahmen.

Der Wald wollte kein Ende nehmen, ich wusste, das wir längst das Böhmischen Gebiet erreicht hatten.

Nun mussten wir uns in Richtung Prag halten, das liegt wohl noch 200 Kilometer entfernt vor uns, mindestens vier Tagesritte.

Oh je so weit noch, dachte ich verzagt. Wenn es doch nicht schon so früh dunkel werden würde, die Tage waren viel zu kurz.

Bald mussten wir schon wieder nach einem Nachtlager Ausschau halten. Diesmal war es eine alte Jagdhütte, die uns Unterschlupf gewähren sollte.

Wir glaubten sie verlassen, doch ein altes Männlein, wohl schon an die sechzig, trat vor die Tür, mit einem Lächeln tief in seinem runzligen Gesicht eingegraben, bat uns freundlich näher zu treten.

Sichtlich erfreut über die unerwartete Gesellschaft und ein wenig Zerstreuung, bot er uns die besten Plätze auf der Ofenbank und machte sich geschäftig daran, uns einen köstlichen Wildschweinschinken und ein merkwürdiges vergorenes Getränk aufzutischen.

Voller Bewunderung lauschte er der übertriebenen Darstellung des heldenhaften Kampfes mit einem Bären, von dem mein Begleiter unübersehbare Blessuren davongetragen hatte.

Wo hingegen er seinerseits, nicht mit lebhaften Anekdoten aus seinem rauen Leben zurückhielt.

Nach langer Zeit hörte ich Giesbert zum ersten Mal wieder lachen, sein Gesicht verzog sich zu einer unschönen Grimasse, was ihm mit Sicherheit Schmerzen verursachte. Lange hatte ich keinen Abend in einer so behaglichen Stube verbracht.

Ich fühlte mich wohl und geborgen, eingelullt von dem prasselnden Kaminfeuer und den Stimmen um mich herum, versank ich in einen wohligen Schlummer.

„Ihr könnt hier schlafen, euer Sohn und die liebreizende Gattin, ich werde mich in den Stall zurück ziehen", vernahm ich die Stimme des Alten.

„Das ist nicht mein Sohn, sondern mein Knappe und die Schöne hier, ist meine Braut, sie ist mir versprochen, wenn wir an unserem Ziel hinter dem Riesengebirge angekommen sind, dann wird sie die „Meine", so Gott will!", murmelte Giesbert berauscht von dem süffigen Met und strich mir zärtlich über das Haar.

Gern wäre ich noch einen Tag und eine Nacht geblieben, doch es trieb uns weiter.

Der November hatte begonnen, wir wollten nicht wieder von Schnee und Kälte überrascht werden. Den Alten nach dem Weg zu fragen, erwies sich als sinnlos, er war nie über einen Radius von 20 Meilen hinausgekommen.

Zum Abschied trennte ich mich von einem meiner Feuerzeuge und übergab es ihm feierlich, nicht ohne ihm die Funktion des ihm unbekannten Gegenstandes, vorgeführt zu haben.

„Ein Relikt aus der Zukunft!", bemerkte ich schmunzelnd und überließ den verdatterten Alten seinen Grübeleien, wie sollte er meine seltsamen Worte deuten?

Wir hielten uns weiterhin in den Wäldern, trieben die Pferde zum Äußersten an.

Die folgende Nacht campierten wir unter freiem Himmel, entspannt vor einem munteren Lagerfeuer.

Hannes begann zu singen, erfreute uns mit lustigen, teils auch zotigen Weisen aus seinem Milieu.

„Wenn ich doch nur meine Klampfe hätte", klagte er, „ich bin ein Musikant, müsst ihr wissen, doch das ist eine brotlose Beschäftigung in dieser Zeit!"

„Nun, du hast eine angenehme Stimme, doch du bist 600 Jahre zu früh geboren um ein gefeierter Popstar zu werden, Ruhm und Reichtum zu erlangen!"

„Doch eins wundert mich, deine Texte sind lebendig, aber ohne Reim, falls du verstehst was ich meine, also Berg reimt sich auf Zwerg, Hans auf Tanz, Welt auf Held!"

„Ah ich verstehe, so wie in Gedichten die ich gehört habe, das ist eine Kunst der Dichter, doch mir nicht gegeben!", entgegnete er beleidigt und verstummte.

Das Ziel so dicht vor Augen, hob uns in eine verträumte Stimmung, verlieh dem Abend einen Hauch von Romantik.

Das erste Licht am Morgen zeigte sich am Horizont, als ich unruhig meinen Kopf hob, Giesbert und Hannes schnarchten im Chor.

Ein Knacken und Rascheln im Gebüsch, ließ mich alarmiert auffahren.

Schon waren sie um uns, hatten uns blitzschnell eingekreist.
Eine Handvoll Banditen, Wegelagerer übelster Sorte,
stinkend und schmutzverkrustet.

„Ergebt euch, ihr seid umzingelt, Gegenwehr ist zwecklos,
rückt eure Geldbörse und alle Wertgegenstände raus,
vielleicht lassen wir euch am Leben!", bellte der Anführer.

„Bah, wozu willst du diese Brut am Leben lassen, das leckere
Weib allein kann uns von Nutzen sein und noch viel Spaß
bringen!", mischte sich ein Anderer ein.

Während Giesbert erschrocken nach seinem Schwert tastete,
hatte ich meinen Colt, den ich in meinem Beutel wusste,
welchen ich stets bei mir trug, unter einer Decke, unbemerkt
hervorgezogen.

Doch es war zu spät für Giesbert, zwei Kerle hatten ihn
schon gepackt und seine Waffe entwendet.

Zwei weitere bemächtigten sich des jungen Hannes, der sich
laut schreiend zu wiedersetzen versuchte.

Gleich werden sie ihnen den Hals durchtrennen, dachte ich
entsetzt.

Halb gelähmt vor Grauen, richtete ich die Waffe auf die
Männer, die sich durch das Buschwerk nährten und feuerte.

Drei Schüsse genügten um sie in die Flucht zu schlagen,
ohne zu wissen woher der ohrenbetäubende Knall kam.

Ein Krachen wie ein Donnerschlag!

Die Strafe des Herrn, der alles sieht, hoch dort oben.

Fortan würden sie ihr Brot wie alle anderen, im Schweiße
ihres Angesichts, mit mühseligem Ackerbau erarbeiten,
dachten sie Gottesfürchtig, bis zur nächsten günstigen
Gelegenheit, für einen lohnenden Überfall.

Drei Leichen blieben zurück und säumten unseren Weg.

„Oh Mann, wie hast du das geschafft, was ist das für ein Teufelswerkzeug in deiner Hand?, noch nie habe ich solch eine Waffe gesehen", staunte Giesbert und rappelte sich auf, „du machst mir Angst Weib, ich glaube immer mehr, du besitzt Zauberkräfte!"

„Mag schon sein, aber sie richten sich nicht gegen euch, also lass es gut sein!", lies ich ihn in seinem Irrglauben.

„Ein Weib hat mein Leben gerettet!", stammelte er ungläubig und baute sich kopfschüttelnd vor mir auf.

„Na und – wenn schon, diese Waffe ist totbringender und schneller, als jedes Schwert", bemerkte ich abwinkend.

„Und sie bleibt in meinem Besitz, fass sie niemals an, sie kann dich versehentlich töten!", fügte ich energisch hinzu und verstaute sie umgehend wieder in meinem Beutel.

„Was machen wir mit den stinkenden Kadavern?", fragte Hannes und deutete angewidert auf die sterblichen Überreste der Schurken.

„Mögen sie die Geier auffressen!", entgegnete Giesbert und stieß mit dem Fuß nach ihnen.

Unser Aufbruch folgte umgehend.

Nie zuvor hatten wir solche Eile, unseren Lagerplatz zu verlassen. Ein gurgelnder Schluck aus dem Weinschlauch, musste vorerst als Frühstück genügen.

Die Schießübungen damals haben sich bestens ausgezahlt, dachte ich befriedigt, als sich unser kleiner Zug in Bewegung setzte.

Wir verließen den Wald, um uns mit neuer Wegzehrung einzudecken.

Etliche winzige Dörfer, oft nur aus vier oder fünf bewirtschafteten Höfen bestehend, kreuzten unseren Weg. Wir bemerkten die bittere Armut, die überall gegenwärtig war. Als wir an einem dieser Höfe Halt einlegten, erfuhren wir von der Not der Landwirte, denn sie waren Leibeigene auf dem eigenen Hof, deren Ausbeute dem Adel vorbehalten war, eine ungleiche Verteilung des Wohlstandes, war doch für alle genügend Nahrung vorhanden.

So füllten die Ernteerträge vorwiegend die Scheunen des Landvogtes, der die hungernden Bauern wie Sklaven hielt und aussaugte.

„Selbst die Apfel und Birnen auf den Bäumen sind nicht unser Eigen, noch die Eier im Stall, von alldem dürfen wir nur einen geringen Teil behalten".

„Die Kaninchen und Schweine die wir mästen, die Milch der Kühe und Ziegen, das Korn, die Rüben und Wurzeln, auch die Eier meiner geliebten Hühner werden gezählt".

„Alles beansprucht der Herr, uns bleibt nur ein karger Rest", klagte die Bäuerin händeringend.

„Von uns könnt ihr nichts erwarten, ihr müsst schon den hohen Herrn Vogt persönlich aufsuchen!"

„Oh wir wussten nicht, dass es so arg ist, gute Frau", sagte ich mitfühlend und gab Giesbert ein Zeichen, in seine gut gefüllte Geldbörse zu greifen.

„Oh habt vielen Dank, Gott wird es euch vergelten", stammelte die Frau überschwänglich und betupfte sich die Augen mit ihrer Schürze.

Eine kleine Schar Kinder, wie die Orgelpfeifen, in armselige Lumpen gehüllt, hatten sich inzwischen um die Mutter geschart.

Wir verließen den Hof und machten uns auf den angegebenen Weg zum Landvogt.

Wir durchritten das Dorf, an deren Ende sich eine schlossartige Villa unseren Blicken bot.

Wir passierten das Hoftor und wurden augenblicklich von einem herausgeputzten Diener empfangen.

„Wen darf ich melden?"

„Graf von Elzen, führt mich umgehend zu eurem Herrn!", brummte Giesbert autoritär.

„Wie ihr wünscht, so folgt mir".

„Wir kommen soeben aus dem Dorf und haben mit euren Bauern gesprochen, sie scheinen in großer Armut zu leben", eröffnete er das Gespräch, „ist es nicht eure Aufgabe für ihr Wohl zu sorgen, sind sie nicht eurem Schutz anvertraut?"

„Ach die ewig unzufriedenen Jammerlappen, sie sind es doch die im Schlaraffenland sitzen, unsereins muss zusehen wo er bleibt!", beklagte der Hausherr, seine Sicht der Dinge.

„Die wollen sich nur um den gerechten Anteil drücken, sie versuchen mich permanent zu betrügen, wo es nur geht, wenn meine Männer ihre Schuld eintreiben!"

„So wisset, sie haben den Vorteil auf meinem Land zu leben und meinen Besitz zu verwalten und zu vermehren, doch was ist der Dank, sie nörgeln, sind unzufrieden!"

„Nun, lassen wir diese unangenehme Angelegenheit, was führt euch zu mir, was verschafft mir die Ehre eures Besuches?"

„Wir sind auf der Durchreise und benötigen diverse Lebensmittel, unser Weg ist noch weit, wir zahlen in Geldstücken!"

„Ah ja ich verstehe, doch gestattet mir eine Frage, ihr scheint direkt aus einer Schlacht zu kommen, oder ist es die Lepra die euch so entstellt hat, werter Herr?"

Giesbert zuckte zusammen wie von einem Peitschenhieb getroffen.

„Verunstaltet?", knurrte er und griff sich instinktiv ins Gesicht, „ja ich bin ein Monster, ein Kinderschreck, ein Unhold!"

„Schweig", fuhr ich ihn ärgerlich an, „genug jetzt, die scheußlichen Wunden stammen von einem Kampf mit einem Bären!", beantwortete ich die heikle Frage, „wie ihr seht, hat er den ungleichen Kampf gewonnen und den Bären besiegt, überlebt und der Bär ist tot, also braucht er sich der Narben nicht zu schämen!"

„Oh gewiss nicht, bei meinem Leben, so etwas ist mir noch nie zu Ohren gekommen, er ist ein Held, so tretet ein und

seid unsere Gäste, seid willkommen in meinem Haus".
„Ihr werdet doch sicher nicht ein ordentliches Nachtquartier ausschlagen, meine schöne Dame. Meine Gattin und die Stubenmädchen werden sich euer annehmen, mein Haus ist euer Haus", säuselte er und starrte mich lüstern an.

So ein heuchlerischer Schleimer, dachte ich belustigt, nahm aber das verlockende Angebot dankbar an.

Doch die derzeitigen Tischsitten ließen zu wünschen übrig, man speiste vorwiegend mit der Hand, von großen Platten verschiedener Braten, die den Tisch füllten.

Wir genossen die ungewohnten Annehmlichkeiten eines ausgiebigen warmen Mahles, einen ausgewählt guten Tropfen, abends bei Kerzenschein und anheimelndem Kaminfeuer.

Bei anregenden Gesprächen in Gesellschaft der Gattin und den halbwüchsigen Sprösslingen, tafelten wir im großzügig ausgestatteten Speiseraum, dennoch fühlten wir uns in unserer strapazierten Reiseaufmachung ein wenig fehl am Platz.

Doch unsere Gastgeber sahen großzügig darüber hinweg.

Das große Highlight des Tages jedoch, waren die weichen warmen Betten in reinen blütenweißem Linnen.

Doch das war nur ein kurzes Vergnügen und endete mit dem Sonnenaufgang.

Erholt und gestärkt ritten wir alsbald vom Hof, neuen Herausforderungen entgegen.

Die vielen Dörfer auf unserem Weg, schienen schon die Vororte von Prag sein.

„Prag ist wohl schon ganz in der Nähe!", bemerkte ich.

„Ja, wir werden rechterhand an der Stadt vorbeiziehen!", bestimmte Giesbert.

„Müssen wir die Moldau oder die Elbe überqueren, ich glaube eher die Elbe, sicher befindet sich dort eine Fähre!". Das wäre zu wünschen", räumte ich ein, „denn ich habe keinen Bock auf das ewige Theater, die Pferde mit Gewalt ins tiefe Wasser zu zwingen, zudem ist es äußerst gefährlich, wenn man wie du, kaum schwimmen kann", gab ich zu bedenken.

„Du kannst natürlich schwimmen, so wie du alles besser kannst", mokierte er sich, „du bist perfekt wie eine Göttin, gebietest du über Leben und Tod, weist alles besser, bist über alles erhaben!"

„Und du, du überhäufst mich mit Spott und Häme, beträgst dich ungebührlich, ich sollte mich von dir abwenden und…"

„Oh verzeih mir, ich habe dumm daher geredet", brummte er.

„Ja in deinen Augen sind die Frauen offenbar ein Nichts".

„Wir sind nun schon Wochen bei Tag und Nacht ständig zusammen wie ein Fleisch, doch deine Gedanken sind mir so fremd, so anders als meine, dein Wissen erschreckt mich, ist mir unverständlich, so als kommst du von weither aus einem anderen Land oder gar aus einer anderen Welt!"

„Dennoch drängt es mich dich zu besitzen und dich zu meinem Weib zu machen!"

„Spar dir deine Phrasen, ich bin nicht scharf auf dich, du bist flegelhaft und unhöflich zu mir, du taugst nicht als Ehemann und zärtlicher Liebhaber!", spottete ich und spornte mein Pferd an.

„Oh du Hexe, dich wird kein anderer bekommen, du gehörst

mir!", rief er leidenschaftlich aus und sprengte mir hinterher. Den Tag auf dem Pferderücken zu verbringen, war uns zur Gewohnheit geworden. Gab es eine andere Zeit mit Giesbert und mir?

Sind wir je Händchen haltend über blühende Wiesen geschlendert, vertraute Gespräche oder auch nur närrische Liebesbeteuerungen dem anderen ins Ohr flüsternd. Spontane Umarmungen, überwältigt, berauscht von übermächtigen Emotionen in eine ferne Sphäre versinkend? Nein, da war kein Herzklopfen bis zum Halse, da war nichts, bis auf ein Gefühl der Gewohnheit das sich eingeschlichen hatte, eingefangen, unterdrückt von dem Stress der Reise, dem steten Drang vorwärts zu kommen.

Giesbert sah mich wohl eher als hübsche Vorzeige - Puppe zum Angeben und na ja, als Lustobjekt wie mir schien! Ein eigenwilliges, unergründliches Wesen das gezähmt werden musste. Wenn wir erst im Schloss waren, würde ich mich schon fügen, glaubte er.

Aber das kümmerte mich nicht, denn ich hatte keineswegs die Absicht mit ihm im Schloss Einzug zu halten. Vielmehr fieberte ich einer gewissen Höhle im Riesengebirge, dem Zeitkanal entgegen, um dort endlich in meine Zeit 1890 und somit zu meinem Liebsten zu gelangen. Meine Unruhe wuchs bei diesen Aussichten.

„Mir ist egal ob wir eine Ruhepause einlegen, im Mondschein können wir auch bei Nacht weiter ziehen", sagte ich übermütig und war erstaunt, das mein Vorschlag kopfnickend angenommen wurde.

So trabten wir gemächlich, halb dösend durch die Nacht, bis

uns die Müdigkeit übermannte und die Pferde uns ihren Dienst aufkündigten.

Drei Stunden Rast, ein paar Happen hastig verschlungen, einen erfrischenden Schluck aus dem sprudelnden Bach aus hohler Hand geschlürft und in das müde Gesicht gespritzt und weiter ging es in den erwachenden Tag hinein, immer gen Norden mit der Sonne im Rücken.

Die ländliche Gegend wechselte in buschige Heide.

Bald tauchten wir wieder in einem Wald ein, blinkende Sonnenstrahlen die durch die Baumkronen flackerten, ermunterten und beflügelten uns auf unserem endlosen monotonen Ritt, weiter und weiter. Mein Gott, nahm denn dieser Wald kein Ende?

Die Elbe hatten wir weit hinter uns gelassen.

Am späten Nachmittag breiteten wir erneut die Karte aus, doch sie brachte uns keine neuen Erkenntnisse wo genau wir uns befanden.

Nun galt es das Ende des vermaledeiten Waldes zu erreichen, würden wir es heute noch schaffen?

Nun denn, wenn nicht heute dann morgen, irgendwann hat alles ein Ende.

Mutlos setzten wir unseren Weg fort. Bald würden wir wieder ein geeignetes Lager suchen müssen, dachte ich, als der Wald sich lichtete. Nur ein paar Meter noch und das freie Land weitete sich vor uns aus.

„Lauf Liesel lauf, nur noch ein paar Sprünge".
Tief aufatmend genoss ich die Weite um mich.
Meine Augen suchten den Horizont ab.

Zitternd vor Ungeduld freudiger Erwartung und banger Ernüchterung gleichermaßen, bohrte sich mein Blick in eine Traumerscheinung.

Sollte es wahr sein oder Wunschdenken! Sah ich in der Ferne die Berge oder war nur ein dunkler Wald am Abendhimmel zu erkennen?
Atemlos starrte ich auf das Gebilde am Horizont, ergriffen hielt ich Inne.
Ich löste mich aus dem Tross und trieb das Pferd zum Spurt an.
Jetzt konnte ich es erkennen, das Riesengebirge, von der Sonne bestrahlt, wie ein Ungetüm ragte der Berg, unser Schattenspender, Tröster in allen Lebenslagen, Freund und

Feind, Himmel und Hölle, Jungbrunnen, Lebensretter und Verderben gleichermaßen, über seine steinernen Brüder auf.

Ich fuhr zusammen, Hufschläge rissen mich in die Wirklichkeit zurück.

„Das lästige Gebirge soll uns nicht behindern, wir werden es umgehen, sorg dich nicht Liebes!", vernahm ich die Stimme von Giesbert.

Unwillig ignorierte ich die wohlgemeinten Worte meines Reisegefährten, viel lieber wäre ich jetzt allein mit meinen Gedanken und Hoffnungen.

Wie lange schon hatte ich diesem großen Moment entgegengefiebert.

„Lasst uns hier rasten unter der Linde, morgen werden wir weiterziehen!", bestimmte er, löste behände die Satteltaschen und machte meinem verträumten Sinnen ein Ende.

Wir könnten noch zwei Stunden weiter reiten, dachte ich ärgerlich, doch ich fügte mich notgedrungen.

Ungeduldig ertrug ich die Marter des unfreiwilligen Wartens auf den Morgen.

Der betäubende Schlaf wollte sich nicht einstellen.

Aufgewühlt, nicht mächtig meine durcheinander purzelnden Gedanken zu ordnen, wartete ich auf das erste Licht des neuen Tages.

Während die Männer noch selig schlummerten, sammelte ich bereits Brennholz und entfachte ein Feuer um Wasser für meinen Tee zu erhitzen.

„Aufstehen ihr Faulpelze!", unterbrach ich die Stille.

„Oh Mann, diese Frau raubt mir noch die letzten Nerven, wozu diese Eile?", nörgelte Giesbert und wälzte sich auf die andere Seite um noch ein wenig zu dösen.

„Wir müssen aufbrechen, es sieht nach Regen aus, seht nur der Himmel ist ganz bezogen!", beharrte ich.

„Ach Unsinn, der Himmel ist düster, weil es noch nicht hell ist!", widersprach er und erhob sich wiederwillig, wenig später verließen wir unseren Rastplatz.

Heute führte ich unseren Trupp an und bestimmte das Tempo. In gestrecktem Galopp jagten wir dem lockenden Berg entgegen, doch auch nach Stunden schienen die Berge nicht näher zu rücken.

Mein Wunsch noch am selben Tag das Gebirge zu erreichen, würde sich nicht erfüllen.

Erst gegen Abend schienen sie in greifbarer Nähe.

Ich hatte mittlerweile unseren Berg, den mit der Höhle eindeutig ausgemacht.

Ich sah sie ganz klar und deutlich die Höhe.

Ein schwarzes Loch im Felsen, unsere Höhle, den Zeitkanal. Ehrfürchtig starrte ich auf die verheißende Öffnung, ließ sie nicht aus den Augen, magisch von ihr angezogen, als könnte sie wieder verschwinden.

Mein ganzes Streben galt nur, diese Höhle zu erreichen und sie zu durchqueren. Dann bin ich frei, dahinter liegt meine Welt, mein Leben.

„Halt ein, das ist nicht der richtige Weg, siehst du denn nicht das es dort nicht weitergeht! Die Frau ist närrisch geworden, wir müssen einen anderen Weg einschlagen um das Gebirge zu umgehen!", brüllte Giesbert ärgerlich, pirschte mir hinterher, holte auf und schnitt mir den Weg ab.

„Nein du täuscht dich", rief ich den Tränen nahe, „ich kenne einen Weg der uns durch das Gebirge führt!"

„Einen Weg durch das Felsmassiv willst du wissen?, das ist unmöglich!"

„Ja, wenn ich es doch sage, er erspart uns viel Zeit, so gelangen wir in Kürze auf die andere Seite, von dort ist es nur noch ein Katzensprung zum Schloss deiner Sippe, du wirst schon sehen"…

„Nun gut, wenn du meinst", sagte er zweifelnd, „einen Versuch ist es wert, aber"… er gab sich geschlagen und folgte mir zögernd.

Bald hatten wir die Stelle erreicht, von der aus die Steigung, der Aufstieg zur Höhle begann.

Die Pferde trugen uns ein Stück dem ständig steigenden Pass empor. Doch schon bald standen sie wie der Ochs vor dem Berge, nicht mehr fähig auch nur noch einen Höhenmeter zu überwinden.

„Siehst du, dein Plan lässt sich nicht ausführen!", bemerkte Giesbert mit einem triumphalen Unterton.

„Freilich lässt er sich ausführen, schon zigmal habe ich den Berg erklommen", trumpfte ich auf.

„Das mag wohl sein, aber nicht zu Pferde!", schnauzte er, saß ab und begann den Abstieg.

„Glaubst du ich lasse meinen edlen Hengst hier zurück, du musst den Verstand verloren haben, zu glauben, ich würde die Tiere ihrem Schicksal überlassen um deiner fragwürdigen Tollheit nachzugehen!"

„Durch einen Berg, behauptet sie gehen zu können in ein anderes Land – bah, komm Hannes plag dich nicht weiter, wir werden hier unten unser Nachtlager aufbauen und

Morgen den anderen Weg einschlagen!", bestimmte er und maß mich mit abschätzenden Blicken.

Er macht sich über mich lustig, verhöhnt und erniedrigt mich, dachte ich zornbebend, so werde ich allein gehen, nachts wenn alle schlafen.

Nun allerdings sah ich mich gezwungen mein Vorhaben abzubrechen und ihm zu folgen.

Doch es brodelte in mir, mühsam versuchte ich meine Unruhe zu unterdrücken, jedoch es wollte mir nicht recht gelingen.

„Aber wir können die Pferde in einem Hof unterbringen und sie später von den Knechten des Grafen abholen lassen, dort ist ein Dorf, gar nicht weit von hier!", wagte ich einen letzten Versuch.

„Vergiss es, ich habe von Anfang an nichts von deinen Spinnereien gehalten, eine Schnapsidee von dir, der pure Wahnsinn!", ergänzte er abfällig.

„Ich bin beeindruckt von deinem Scharfsinn, aber ich weis es besser, nun gut, du hast es nicht anders gewollt!", grummelte ich, mehr zu mir selber.

Wie soll ich eine ganze Nacht ertragen, so dicht an dem alles entscheidenden Zeitkanal und ihn nicht erreichen zu können, ohne wahnsinnig zu werden.

Eine läppische Klettertour, kaum mehr als ein Spaziergang. Unwiderstehlich zog es mich zu dem Haus hinter dem Tunnel unten am Berge, dort wartet mein Lebensglück, dort wartet er auf mich, mein stets treuer Gefährte, so unglaublich vieler Jahre, mein einziger Liebster, mein Leben.

Ungeduldig wartete ich, das die Männer sich endlich zur Ruhe begeben mögen. Das Feuer war fast erloschen.
Die Beiden lagen ausgestreckt unter den Decken.
Ich lauschte auf die gleichmäßigen Atemzüge der Schlafenden.
Der Mond lugte zwischen den Wolken hindurch, als ich meine Chance gekommen sah.
Ich griff nach meinem Beutel und huschte leichtfüßig in die Nacht, dem schwarzen Ungetüm entgegen.
Fort nur fort von hier, von dem Mann dessen Sprache ich nicht spreche, der mir vertraut und doch so fremd ist.
Mit Kribbeln der inneren Anspannung im ganzen Körper, begann ich hastig den Aufstieg.
Ich kannte den Berg, wusste seine Tücken zu umgehen, hatte ihn so oft schon erstiegen.
Ich musste nur die Höhle erreichen, dann…
Doch ich kam nicht weit.
Brutal wurde ich an den Beinen gepackt und nach unten gezerrt.
Ein Bär, dachte ich erschrocken und geriet in Panik, versuchte mich aus seinen Klauen zu befreien, doch der vermeidliche Bär begann zu sprechen.
„Hast du geglaubt ich schlafe selenruhig, während du zappelnd vor Ungeduld nur darauf wartest mich zu verlassen, du durchtriebenes Weibstück?"
„Ich wollte dich nicht verlassen, ich wollte nur eine Abkürzung des Weges, den du nicht gehen wolltest, nehmen, wir hätten uns im Schloss eh getroffen!", stammelte ich außer Atem, den Tränen nahe.

„Lass mich auf der Stelle los du Unhold", fauchte ich außer mir und schlug nach ihm.

Er schlug zurück, ein gezielter Hieb setzte mich außer Gefecht, ich sah Sterne und versank in tiefe Schwärze.

Das Feuer war neu entfacht.

Ich fand mich zwischen den lebhaft plaudernden Männern liegend wieder, als ich erwachte, als wäre nichts geschehen.

„Geh jetzt und vergiss nicht was ich dir aufgetragen habe", hörte ich die Stimme Giesbert neben mir.

„Frage nach dem Weg, wenn du nicht weiter weist, ehe du dich verirrst, künde unsere Ankunft an, ich wünsche in Ehren empfangen zu werden!"

„Der ganze Haufen dort im Schloss, ist schließlich meine Sippe, die Nachkommen meines Bruders Harald und Georgs, nun geh schon, nimm dein Bündel und lass uns alleine, verschwinde endlich. Ich habe noch etwas zu erledigen, wozu ich dich nicht brauche!"

„Sie muss endlich begreifen wer ihr Herr und Gebieter ist, sie wird sich schon fügen und bald schnurren wie ein Kätzchen in meinen Armen", brummelte er hämisch kichernd.

Wie ich sehe ist mein Kätzchen erwacht, sie braucht mich jetzt. Was ist Kerl, fort mit dir, was hältst du Maulaffenfeil?"

„Aber Herr, es ist dunkle Nacht!", begehrte der Junge auf.

„Mein Gott hast du etwa Angst vor der Dunkelheit Bürschchen?, dort ist schon das nächste Dorf, schlaf in einem Stall oder einem Heuschober".

Der Junge entfernte sich widerstrebend.

„Was bildest du dir ein, zu glauben ich schnurre wie Kätzchen in deinen Armen, du behandelst mich respektlos, als wäre ich dein Dienstbote oder gar deine Sklavin, bin ich nicht frei zu gehen wohin ich mag?"

„Wo zieht es dich denn hin, was wartet auf dich in dieser verdammten Grotte dort oben, eine Hexenzusammenkunft oder gar der Teufel, um deine erlahmten Zauberkräfte wieder aufzufrischen?, ha ha, aber ich sage dir, du wirst nirgendwo hingehen ohne mich, du bleibst brav bei mir!"

„Aber wozu, du liebst mich doch gar nicht", hauchte ich tonlos.

„Oh doch, - doch ich liebe dich sehr", beteuerte er und zog mich an sich.

„Du verwechselst Liebe mit Lust", widersprach ich.

„Ha – du hast mir noch kaum Lust verschafft, doch das wird sich bald ändern, wenn du erst die Meine bist, dann gibt es keine Ausflüchte mehr!"

„Und wenn ich nicht will, ich meine deine gefühllosen, plumpen Beiwohnungen, eine schnelle Nummer, erniedrigend, stümperhaft wie ein Kaninchenbock, ein Rammler"…

Schweig Weib, du weist nicht was du redest. Du bist wirr im Kopf, dir fehlt der Schlaf. Komm zu mir unter die Decke, ich werde dir zeigen"…

„Lass die Finger von mir du Grobian, ich will dich nicht du Schinder, Scheusal du – du"… fauchte ich und brach in Tränen aus.

„Ah – nur das nicht, weine nicht, sei wieder gut mein Herzchen, komm in meine Arme, ich werde dich trösten".

Er tröstete mich vortrefflich, doch die Sehnsucht nach meinem Liebsten konnte er mir nicht ersetzen.

Ein feiner Nieselregen weckte uns und nötigte uns, unser Lager fluchtartig zu verlassen.

Zwei unnütz verlorene Tage waren verstrichen, als wir ein mir bekanntes Dorf hinter den Bergen erreichten.

„Hier sind wir richtig, bald werden wir das Schloss deiner Sippe erblicken, hinter dem nächsten Ort", erklärte ich mit bebender Stimme.

Wir ritten ungeduldig weiter.

Bald schon sahen wir - Es -, stolz reckte es sich wie ein Traumgebilde erhaben in aller Pracht über dem Dorf in die Höhe.

„Oh bei Gott, das ist meiner würdig!", stammelte Giesbert ehrfürchtig und reckte sich instinktiv, ergriffen von dem Anblick der sich ihm bot.

Imponierend Hochherrschaftlich einem Fürstenhof nicht nachstehend, überragte es das Dorf, schien gleichsam zu schweben, wie ein Wolkenschloss, erstrahlte es überirdisch in den letzten Sonnenstrahlen.

Dennoch erschien es mir unvollständig und fremd mit seinen drei Türmen, waren es nicht fünf?

Drei Orte hatten sich schon in gebührendem Abstand um das prunkvolle Anwesen angesiedelt und somit vor herumziehenden Räuberbanden unter den Schutz des wehrhaften Grafenhofes gestellt, dadurch jedoch ihre Freiheit eingebüßt und sich somit nicht nur als Untertanen, sondern gleichermaßen als Leibeigene der Knechtschaft, der Blaublütigen unterworfen.

Eines der Dörfer würde in Kürze einer Feuerbrunst zum Opfer fallen und dem Erdboden gleichgemacht, für immer verschwinden und der Vergessenheit anheimfallen.

Feuer gefangen und entflammt durch die Kirche, die einst hinter dem Dorf zu nahe dem Schloss thronte.

Sagt nicht die Legende das zu allererst das Schloss abbrannte?

Ein junger Wald würde auf verkohltem Holz und Asche gedeihen. Mir allein oblag es, der Zukunft Zeugnis zu geben.

Was wäre, wenn ich dieses Verhängnis verhindern könnte, überlegte ich.

Mein Begleiter verharrte noch immer in unglaublicher Betrachtung seines neuen Domizils.

„Nun – hat's dich umgehauen, das hast du sicher nicht erwartet", weckte ich ihn aus seiner Versunkenheit.

Ich war nun gespannt wie er sich in der höheren Gesellschaft geben würde, weltmännisch elegant oder linkisch wie ein Bauerntrampel aus der Provinz, wie benahm er sich am Fürstenhof im Schloss um 1350? Wie wird er sich zu erkennen geben? Er konnte sich ja nicht ohne weiteres als Sohn des Georgs ausgeben, ohne Unverständnis und Verwirrung herauf zu beschwören. Man würde ihn der Lüge, ja gar der Blasphemie bezichtigen.

Diese Situation verständlich zu erklären, brauchte es sehr viel Feingefühl, würde der ungeübte Redner die richtigen Worte finden?

Der kleine Bruder des abenteuerlichen Harald zu sein, dessen gewaltigen Grabstein sinnend zu bestaunen, ich noch zur Genüge, die Gelegenheit haben würde, noch immer auch im 21. Jahrhundert ist er Zeuge der fernen Vergangenheit.

Oh mein Gott, wie aufgeregt ich bin.

Ein Kribbeln, das in den Fingerspitzen begann, verbreitete sich im ganzen Körper, ließ mich vor ungewisser neugieriger Erwartungsvoll erbeben.

Meine Abenteuerlust war wiedererwacht.

Wir galoppierten die breite Auffahrt zum Schloss empor, dort sahen wir die versammelten Sippenangehörigen unserer harrend.

„Das sind alles meine Vettern und Neffen, Ableger meines Bruders Harald, der um 12. Hundert hierherzog und von erbeuteten Raubzügen diesen Prunkbau begann", kam er ins Schwärmen.

„Seine Kinder und Enkel haben ihn dann vollendet!", sagte er, ergriffen von seinen eigenen Worten.

„Vollendet sagst du, wie mir scheinen will, ist er noch längst nicht vollendet", warf ich ein, „ich werde dir bei Gelegenheit ein Bild des vollendeten Schlosses zeigen", versprach ich, „aber das ist nur nebensächlich, schau nur sie winken uns, sie heißen uns willkommen".

Zwei Pferdeburschen liefen uns entgegen und nahmen die erschöpften Tiere in Empfang.

Wir saßen ab und näherten uns mit gemischten Gefühlen den Wartenden.

Plötzlich brach ein Jubelgeschrei aus vielen Kehlen über uns herein, dass mir einen Schauer des Überschwanges über den Rücken trieb.

Giesbert hatte seinen Arm um meine Schulter gelegt und zog mich mit sich in die brodelnde Menge.

Als er so neben mir her schritt, stellte ich zum ersten Mal fest, dass er nicht viel größer war als ich.

Wir waren nie nebeneinander spaziert, über Wiesen und verschlungene Pfade, vertraut, sich an den Händen haltend.

„Oh, ich bin überwältigt von solch einem Empfang", stammelte er gerührt.

„So seid gegrüßt meine Brüder und Schwestern, mein Fleisch und Blut, Nachkommen von Harald".

Seine Augen glitten freudestrahlend über die Verwandten. Viele spontane Umarmungen, Schulterklopfen und intensive Blicke der Bewunderung, der Verkörperung der zahlreichen Vervielfältigungen aus den Lenden, dem Samen seines Bruders entstanden, eines Bruders den er nur aus Erzählungen kannte.

Etwas abseits auf den Stufen des Portals, wartete der alte Patriarch, der die Neuankömmlinge kritisch musterte. Nun trat er gemessenen Schrittes herab und sprach mit dröhnender Stimme.

„Ihr wisst noch von dem ehrwürdigen Erbauer dieses Gemäuers, unseres Urahnen junger Mann?"

„Ja freilich weis ich von Ihm, ich bin sein Bruder, ja ihr habt richtig vernommen, ich bin sein jüngster Bruder", antwortete Giesbert freundlich nickend.

„Was redet er für einen Unsinn, hält er uns für beschränkt, für total verblödet. Ein Affront derlei zu behaupten, was bildet er sich ein. Will er mich etwa herausfordern Narbengesicht? So wie er aussieht schätze ich, hat er schon oft den kürzen gezogen!", fügte er hämisch grinsend hinzu.

„Wollt ihr mich etwa der Lüge bezichtigen Alter", zischte Giesbert hitzig zwischen den Zähnen hervor und griff nach dem Schwert.

„Halt ein, Wahnsinniger, bist du total übergeschnappt!", rief ich bestürzt und warf mich zwischen die Streithähne.
Ein stechender Schmerz durchfuhr mich, ungläubig starrte ich in die entsetzten Augen Giesberts, sah seine ausgestreckten Arme, die mich nicht rechtzeitig auffangen konnten, als ich auf das steinige Pflaster aufschlug.
Ich hörte noch einen vielstimmigen Aufschrei des Entsetzens, ehe die Welt um mich versank.

„Wird sie sterben die schöne Elfe?", vernahm ich eine Männerstimme.
„Wenn die Wunde sich nicht entzündet wird sie leben", antwortete eine gedämpfte Frauenstimme.
„Oh bei Gott, es wäre zu schade, wo um alles in der Welt wachsen solch betörende Wesen wie Sie, Engelsgleich, man kann kaum glauben das sie wirklich ist, seht nur das Haar und dieses liebliche Antlitz, hold und rein, wann bist du mein?"
„Schert euch fort junger Graf, eure Reime sind jetzt nicht angebracht, sie ist nicht für euch bestimmt".
Ich blinzelte zwischen den Wimpern hervor um einen Blick auf den schwärmerischen Jüngling zu erhaschen, doch ich fand mich allein mit einem verhutzelten alten Weiblein, das besorgt die Decken über mich festzurrte.
Ich richtete mich auf und schaute mich neugierig um.
„Nehmt ihn nicht ernst, er reimt den lieben langen Tag Gedichte, müsst ihr wissen, er kann es nicht lassen. Er hat auch schon einen gelehrigen Schüler gefunden", plapperte sie darauf los.

„Wo ist mein Bräutigam, er sollte hier sein bei mir", waren meine ersten Worte.

„Oh sie ist endlich wieder munter, nun - der Heißsporn wurde in den Kerker geworfen, wo er hingehört, er hat die Unverfrorenheit besessen, sich gegen den Grafen zu stellen!", bekam ich zur Antwort.

„Wer hat das angeordnet, ist das hier ein Tollhaus?", fuhr ich auf.

„Der alte Graf hat von seinem Recht Gebrauch gemacht, - aber er hat sich von seinen Töchtern umstimmen und Gnade vor Recht ergehen lassen, denn der junge Ritter sollte durch den Säbel sterben".

„Die Komtessen jedoch haben ihn durch gutes Zureden von seinem Plan abhalten können, das Todesurteil unverzüglich zu vollstrecken, denn ihr, hohe Dame sollt die Ehre haben, ihn noch einmal lebend sehen zu können, bevor das Urteil vollstreckt wird!"

„Was behauptet ihr da, der alte Graf will ihn köpfen lassen, ich fass es nicht. Wie kann er über einen Blutsverwandten das Todesurteil verfügen", keuchte ich wutschnaubend, „glaubt er der liebe Gott zu sein?"

„Regt euch um Gotteswillen nicht so auf Gnädigste, ihr seid schwer verletzt und bedürft der absoluten Ruhe".

Ich tastete nach meiner verwundeten Schulter.

„Ach, dieser lächerliche Kratzer wird mich nicht umbringen, wenn er ordentlich desinfiziert wurde, ich werde die Wunde selbst versorgen, bringt mir mein Gepäck und führt den Grafen zu mir!"

„Der Graf hält Mittagsruhe, den darf ich nicht stören",

jammerte sie.

„So so, ihr dürft ihn nicht in seiner Ruhe stören, dann werde ich ihn selber aufsuchen. Ihr seht doch das ich keineswegs sterbend darniederliege", sagte ich und schwang meine Beine aus dem Bett, „so reicht mir mein Kleid".

„Ach dieser schmutzige Fetzen, den hat die Komtess der Stallmagd geschenkt, so etwas trägt man hier nicht, aber das soll ich euch geben, hier seht", sie häufte mir eifrig ein Bündel Gewänder auf das Bett.

„Aber noch ist es nicht an der Zeit euch anzukleiden, ihr müsst erst genesen, geduldet euch noch, ich darf euch nicht gehen lassen, sonst verliere ich meine Stellung".

„Na gut", gab ich nach, „so bringt mir meinen Reisebeutel, oder ist euch das auch verwehrt?"

„Euren Beutel habe ich gut verwahrt", entgegnete sie augenzwinkernd und brachte ihn aus einer verzierten Truhe zum Vorschein.

„Oh wie umsichtig von euch, „bedankte ich mich, erleichtert aufatmend, „nun lasst mich allein, ich werde noch ein wenig Ruhen".

Zögernd entfernte sie sich.

Als die Tür hinter ihr zufiel, machte ich mich in aller Eile daran meine Stichwunde zu desinfizieren, denn ich wusste um die mangelnde Reinlichkeit dieser Zeit. Eine Wunde und sei sie noch so klein, konnte leicht zum Tode führen.

Ich fand das lebensrettende Antiseptikum und sprühte reichlich davon auf die entzündete Wunde, sodann bedeckte ich sie mit sterilen Tüchern, ehe ich sie wieder mit dem provisorischen Verband umwickelte.

Mein Kopf dröhnte, ich ertastete eine Beule am Hinterkopf, auf der sich schon Blutschorf gebildet hatte. Sie war die Ursache meiner Ohnmacht, dachte ich und entfernte vorsichtig den Schorf um auch sie gründlich zu desinfizieren. Ein Schwindel ließ mich innehalten, eine Gehirnerschütterung hatte mich also außer Gefecht gesetzt. Den Tag verbrachte ich dösend, die Nacht wollte kein Ende nehmen, wirre Albträume plagten mich, meine Geduld wurde auf eine harte Probe gestellt.

Der Stand der Sonne zeigte mir, das ich den Tag verschlafen hatte.

Die Schulterwunde pochte schmerzhaft, doch das konnte mich nicht von meinen Vorhaben abbringen. Jetzt suchte ich nach einer Waschgelegenheit, der allgegenwärtigen Schüssel mit dem Wasserkrug. Doch es befand sich nichts dergleichen im Raum.

Meine Güte, haben sich die Menschen um 13 hundert, denn nicht regelmäßig gewaschen?

Es sollte mich nicht wundern, nach dem Geruch, der alle umgab. Genervt rief ich nach dem Stubenmädchen, sie konnte mir anschließend beim Ankleiden behilflich sein.

Ich hätte mich gerne in einem Spiegel betrachtet, in dem seltsamen Gewand in das ich mich hatte zwängen lassen, doch auch an Spiegeln mangelte es offensichtlich. Sei es drum.

Nachdem mein Haar frisiert und in festen Zöpfen geflochten, um den Kopf gewickelt und festgesteckt war, hielt es mich nicht mehr in der kärglich möblierten Kammer, die hauptsächlich aus einer Schlafstätte, einem Tischchen und

Truhen bestehend. Die Truhen ersetzten den unüblichen Kleiderschrank, somit waren alle Kleidungsstücke zwangsläufig zerknittert, wenn sie nicht sorgfältig gefaltet aufeinanderlagen.

Entschlossen öffnete ich die Tür und begab mich neugierig auf den Weg, das Schloss, in dem ich viele Jahrhunderte später gelebt habe, um 13 hundert zu erkunden.

Wo zum Kuckuck befand sich der grässliche Kerker?

Ich wusste von der Folterkammer neben dem Waffenlager im Kellergewölbe. Das Verließ jedoch, in welches unliebsame Zeitgenossen für immer verschwanden, vermutete ich im Turm, tief unter der Erde.

Doch zu allererst wollte ich den alten Grafen, das Sippenoberhaupt aufsuchen und sprechen.

„Der Herr Graf ist in Geschäften unterwegs", verkündete ein Diener, der mir über den Weg lief, „erlaubt mir, die Dame in den Speisesaal zu führen, es wird in Kürze aufgetragen".

Ich folgte ihm erfreut, denn mein Magen knurrte.

Dort sah ich sie alle in trauter Eintracht versammelt.

Ein wenig befangen, verweilte ich unschlüssig an der Tür.

Ich bemerkte die Unruhe die bei meinem Erscheinen entstand.

Dann herrschte einen peinlichen Moment drückendes Schweigen, das von jähem Stühle rücken unterbrochen wurde.

Ein junger Mann in merkwürdigem Aufzug und ein properes Muttchen sprangen hastig auf, eilten mir freundlich entgegen und nahmen mich beschützend in ihre Mitte.

„Oh Kindchen", flötete die Matrone, offensichtlich die

Hausfrau, „wir haben noch nicht mit euch gerechnet, aber kommt nur an den Tisch, setzt euch zu uns, ach wie zart sie ist, ihr müsst tüchtig essen um wieder zu Kräften zu kommen", fügte sie aufmunternd nickend hinzu.

Ich sendete ein scheues Lächeln in die Runde und spürte wie nie zuvor, den Geist der alten Zeit, der mir aus allen Poren und Winkeln entgegen strömte. Von der Melancholie des Vergangenen ergriffen. Ich sah aller Blicke auf mich gerichtet, während ich den mir angebotenen Platz einnahm. Alle stierten mich unverhohlen an, als wäre ich ein Wesen aus einer anderen Welt, nun, sie gingen nicht fehl in der Annahme, doch sie werden sich schon an mich gewöhnen, dachte ich beklommen und ließ meine Blicke über die Anwesenden schweifen.

Ich fühlte mich wie in einem gut inszenierten Theaterstück, in dem mir meine Rolle zu spielen vorgegeben war.

Zwei Burschen im heiratsfähigen Alter und vier weibliche Teenager, sowie zwei halbwüchsige Knaben...!

Überflogen meine Augen.

Die Speisen wurden unverzüglich aufgetragen und beendeten die Musterung.

Der frühe Abend senkte sich über den Raum, die Diener eilten sich, die vielen Lüster zu entzünden.

Die Tafel war aufgehoben, der Tisch leerte sich.

Ich raffte meine Röcke und eilte durch die Halle zu meinem Gemach, ohne etwas Nützliches erfahren zu haben.

Mein Bedarf an Geselligkeit nach der eintönigen Reise war fürs Erste gedeckt, morgen würde ich weitersehen.

Ich hatte länger geschlafen, als beabsichtigt.

Nervös nestelte ich an den Bändern der leinenen Korsage, mühte mich sie auf dem Rücken zu verschließen.

Ich wählte ein mir angemessenes Gewand aus, um dem Grafen gebührend entgegen zu treten.

Ich hatte dringendes zu erledigen und machte mich entschlossen auf den Weg, die Treppe hinab.

Wie der Zufall es wollte, kreuzte er in der Halle meinen Weg. Mit ausgestreckten Armen trat er mir schmunzelnd entgegen, gab das Bild eines besorgten, freundlichen Onkels. Mit einer leichten Verbeugung, säuselte er die üblich, herkömmlichen, blumigen Floskeln.

„Ich bin entzückt eure Lieblichkeit wohlauf anzutreffen, ich hoffe das man euch aufs angenehmste bewirtet hat?"

„Ja ich danke für eure Gastfreundschaft, aber"…

„Ja ja, ist schon recht, mein Haus ist euer Haus", brummte er abwinkend und zog mich behände in einen Raum, der später die Bibliothek sein würde, doch zu meiner Enttäuschung, mangelte es ihm an allem was eine Bibliothek ausmachte.

So vermisste ich den kostbaren Schrank der einst die gesamte Wand einnehmen würde, doch am meisten vermisste ich den wunderschönen Kachelofen.

„

Hier müsst ihr einen schmucken Kachelofen bauen lassen,
einmalig in seiner Art, hier soll er stehen", verkündete ich
impulsiv.

„Ein Kunstwerk mit Kochnische aus grünen glitzernden
Kacheln, das seinesgleichen sucht, sollte diesen Raum
schmücken".

„Ach ich bin zu alt und müde des ewigen Bauens, sollen
meine Söhne dieses Kunstwerk vollbringen!"

„Ich bin bereit ihn zu schaffen, für die Ewigkeit, ein
Wunderwerk aus grünen glitzernden Kacheln, einen Ofen
den alle bestaunen und der alle Zeiten überstehen wird",
vermeldete eine Stimme verborgen in einer Nische neben
dem Fenster.

„Was versteckst du dich hier Bengel, solltest du nicht am
Fechtunterricht teilnehmen?", brauste der alte Herr auf.

„Er ist ein Träumer, hockt vor seinen Papierrollen und
kritzelt alberne Reime, vergisst darüber die Zeit und seine

Pflichten, wie soll er so zum Manne werden?"

„Bah – ich fechte besser als meine Brüder, auch mit dem Säbel kann ich besser umgehen Herr Vater, ihr solltet mich mal sehen wie ich pariere!", verteidigte sich der so Gescholtene und erhob sich beleidigt.

„Verschwinde jetzt, ich habe mit der Dame zu reden!"

„Gemach gemach, ich gehe, wenn ich euch zuwider bin. Lasst euch nicht einschüchtern von dem Halunken ohne Schneid, schöne Maid", rief er noch, bevor er die Tür krachend ins Schloss fallen ließ.

„Ihr habt einen Dichter und Denker in der Familie, ich bin beeindruckt, ihr könnt euch glücklich schätzen, in der heutigen Zeit voller Dünkel, Wahn, Zwängen und Aberglauben, ist er eine wahre Quelle der Belebung Graf, aber zur Zeit habe ich ganz andere Sorgen".

„Was habt ihr euch nur dabei gedacht, meinen Zukünftigen in das Verließ zu sperren, ich brenne zwar nicht in glühender Liebe zu ihm, aber das geht denn doch zu weit. Das kann ich nicht geschehen lassen. Sieht so eure gepriesene Gastfreundschaft aus? So wisset, ich bedarf eurer Sorge und Obhut nicht länger, ich werde noch heute gehen, hier ist meines Bleibens nicht mehr", verkündigte ich zornig.

Es gibt nichts mehr zu bereden, wenn ihr ihn nicht augenblicklich frei lasst. Ihr seid borniert, unhöflich und von euch eingenommen, was gibt euch das Recht über andere zu verfügen?"

„Oh ihr seid nicht auf den Mund gefallen, habt eine spitze Zunge, aber ihr habt keine Ahnung vom Leben, fressen und gefressen werden, gilt auch in unseren Kreisen.

So habe ich nicht nur das Recht, sondern auch die Pflicht über meine Untergebenen zu verfügen und die Ordnung aufrecht zu erhalten".

„Er ist aber nicht euer Untergebener, sondern ein gleichberechtigter Partner, alles was er gesagt hat, entspricht der Wahrheit!"

„Bah. soll ich etwa die Lügenmärchen glauben die er mir aufgetischt hat, von einem Menschen der über 200 Jahre lebt, wie kann er der Bruder sein von einem Mann der vor nahezu 200 Jahren als unser Urahn, dessen Samen wir tragen und der den Bau, dieses prachtvollen Gemäuers in Angriff genommen hat," lamentierte er lautstark.

„Wollt ihr mich auch verhöhnen?", sein Gesicht verfärbte sich rot, zitternd vor Empörung sprang er auf und trommelte erregt auf den Tisch.

„Aber es ist die Wahrheit, ich selbst habe Georg den Vater des Haralds vor wenigen Monaten noch gesehen, er ist unsterblich, so unglaublich das auch klingen mag.
Er lebt noch immer und denkt nicht, er wäre ein Tattergreis, oh nein, er ist ein Recke, vital und äußerst gefährlich, wüst und kämpferisch, ein Kerl in der besten Manneskraft.
Ihr solltet ihn nicht unterschätzen", bestärkte ich meine Behauptung, mühsam um Ruhe bemüht.

„Ihr wollt mir also weismachen, das mein Urahn, dessen Blut in mir fließt noch immer unter den Lebenden weilt, das ist ungeheuerlich!", donnerte er kampfeslustig und fixierte mich mit irren Blicken.

„So ist es", bekräftigte ich, heftig nickend, „was ängstigt euch so an der Tatsache?"

„Wie sollte mich das Ängstigen, das wird mir gewiss keine schlaflosen Nächte bereiten", entgegnete großspurig.
Ich lechzte nach einer anregenden Debatte die alles klären würde.
„So habt ihr euch also besonnen Graf – ich kenne euren Namen noch nicht!"
„Wie, - was, Dagobert ist mein Taufname", brummte er zerstreut und stampfte mit schweren Schritten durch den Raum, riss die Tür auf und brüllte in die Halle.
„Willfried!, ach da bist du ja, hast mal wieder gelauscht. Geh zum Kerkermeister, der mag den Gefangenen unverzüglich frei lassen, aber hüte er sich auch nur ein Wort des gehörten verlauten zu lassen".
„Nein Herr, mein Mund ist versiegelt", beteuerte der Angesprochene und trollte sich.
„Nun zu uns meine Schöne", tönte er wie ausgewechselt sanft und streckte die Arme nach mir aus.
Ich wendete mich flink und trat an ihm vorbei.
„Später Dagobert, fürs erste ist alles gesagt", rief ich und eilte dem Diener hinterher, durch die Halle, folgte ihm die muffigen Stiegen hinab, dem Weinkeller, der Waffenkammer und dem Folterkabinett hindurch. Eine andere Treppe führte weiter in die Tiefe zu einem mir unbekannten Verließ.
Dort lümmelte lässig ausgestreckt der Kerkermeister in seligem Weinrausch schlummernd. Bei unserem Erscheinen erhob er sich erschrocken.
„Was ist los, ist es soweit?", murmelte er schwerfällig.
„Öffnet den Verschlag!", befahl der Diener herrisch.
Den Anblick der sich mir bot, werde ich nie vergessen.

Dort kauerte mein Retter, mein Begleiter über tausend
Meilen, ein armseliges Häufchen Elend, zusammen gekauert
im Dreck, in der ewigen Dunkelheit, aller Menschenwürde
beraubt.
Von unbändigem Zorn beflügelt, drängte es mich die
eisernen Riegel zu öffnen.
Ich stieß den verdatterten Wärter barsch zur Seite und schob
die Riegel auf.
„Oh mein Gott, was hat man dir angetan liebster Giesbert",
hauchte ich und streckte die Hand nach ihm aus.
„Komm mein Freund, komm schnell, alles Elend hat nun ein
Ende".
Ich half ihm aus dem stinkenden, fauligen Strohhaufen,
ächzend rappelte er sich auf.
„Du wirst jetzt ein Bad nehmen und dann"…
Mir versagte die Stimme, erschüttert heftete sich mein Blick
auf die Jammergestalt. Nicht genug, dass man ihn in diese
nach Verwesung und Fäkalien riechende Gruft gesperrt hatte,
so war er zu allem Übermaß auch noch in Ketten gelegt.
Von tiefen Mitleid ergriffen, drängte es mich dieser
widerwärtigen Hölle zu entfliehen.
„Löst auf der Stelle diese verfluchten Ketten", herrschte ich
den Wärter an, „und schafft ihn nach oben, los los, eile er
sich!", wütete ich, bebend vor Ungeduld.
Ich stürmte in das Küchenhaus und gab lautstark
Anweisungen, den großen Waschzuber mit heißem Wasser
zu füllen. Ich selbst würde ihn von dem Mief, Läusen und
Grind reinigen.
Mit Hilfe des Dieners und Hannes befreiten wir den

Zitternden, halb Wahnsinnigen von den stinkenden Lumpen. Ich krempelte meine Ärmel hoch und wusch ihn behutsam. Mittlerweile hatte sich der halbe Hausstand um uns versammelt.

„Hier gibt es nichts zu gaffen", schimpfte ich ärgerlich und scheuchte den ganzen Pulk mit drohenden Gebärden aus der dampfenden Küche.

„Halt, wartet", hielt ich einen der Söhne am Ärmel zurück, „bringt ihm frische Wäsche, sicher könnt ihr einiges entbehren".

„Ja freilich, wenn es weiter nichts ist, was ihr von mir verlangt!", sagte er gutmütig grinsend.

Bald darauf erschien er mit einem Kleiderbündel.

„Kann ich ihn euch anvertrauen?"

Er nickte zustimmend.

„So nehmt euch Seiner an, er benötigt vorerst nur ein sauberes Bett und Ruhe, später lasst ihr ihm ein reichhaltiges Mahl servieren", ergänzte ich, an den dümmlich, glotzenden Koch gewandt, während Giesbert von Hannes und dem Sohn in die Mitte genommen, aus der Küche bugsiert wurde.

Nun hatte ich alles in meiner Macht Stehende getan.

Die Gemächer der Männer waren für mich tabu.

Meinen Plan, noch heute Nacht das Schloss zu verlassen und mich auf den Weg zu den Höhlen aufzumachen, verschob ich.

Mich plagten Gewissensbisse, denn wegen mir ist der arme Kerl ja erst in diese heikle Situation geraten, überlegte ich. Ohne mich hätte er seine traute Heimat nie verlassen und säße jetzt vermutlich in froher Runde zwischen seinen

Brüdern und seinem Liebchen, das sich in seinen Arm
gekuschelt, ihn anhimmelte, albern kichernd, bei einem
Karten oder Würfelspiel.

Welche Schuld trage ich?

Die Schuld das ich bin – lebe und Unglück verbreite, wieder
einmal hing das Leben eines mir Vertrauten am seidenen
Faden.

Nun muss ich meine Schuld, die nicht Meine ist abtragen
oder? Warum aber soll ich unschuldig büßen, habe ich nicht
das Recht auf mein eigenes Glück? Wem bin ich
Rechenschaft schuldig?

Nun ja, ich habe ein Versprechen gegeben, aus der Not
geboren, doch wie oft wird etwas versprochen und
gebrochen.

Ich sollte mich so bald wie möglich auf den Weg machen zu
dem Berg mit der magischen Zauberhöhle, die nur mein
Liebster, sein Sohn Wolfgang, Justin und ich zu nutzen
wussten.

Doch zuvor war es meine Pflicht Giesbert gesund zu pflegen,
seine kaum verheilten Wunden konnten sich neu entzünden.
Erst wenn ich von seiner Unversehrtheit überzeugt bin, bin
ich frei zu gehen.

Seine grässlichen Narben sind noch nicht vollends verheilt.
Morgen werde ich in Begleitung der Mamsell nach ihm
sehen, nahm ich mir vor und ordnete mein Haar, die Glocke
hatte zur Abendmahlzeit gerufen.

Ich hatte ihm mein Jawort geben müssen, um im Gegenzug
von ihm, in meine alte, neue Zeit begleitet zu werden, doch
es war mir nicht gelungen.

Vielleicht findet sich eine Möglichkeit, die angesagte Hochzeit zu umgehen, hatte ich damals naiv gedacht.

Meine Gedanken schweiften zu meinem geliebten Lebensgefährten, meinem Gatten in einer anderen Zeit, mit dem ich hier so glückliche Zeiten verbracht hatte.

Ein unbeschreibliches Gefühl, zu wissen das er erst in 600 Jahren hier in diesem Schloss geboren wird und dennoch so lange schon lebt, jenseits der Höhle in der neuen fernen Zeit.

Nun erschien es mir wie ein flüchtiger Traum, unwirklich, kaum vorstellbar in diesem rauen, kärglich möblierten Gemäuer, bar jedem Luxus, so unglaublich lange vor unserer Zeit.

Wenn er gerade im Schloss der Neuzeit war, hier in diesem Gebäude oder gar in diesem Raum?

Ich erschrak, sah ihn vor mir mit seinem unvergleichlichen Lächeln, konnte seine Augen, die mich tief in meiner Seele trafen und mich erwärmten, mich glühen ließen, sehen.

Er, nur er konnte mein Herz erreichen oder war die Liebe längst verglüht und es war nur noch ein Wunschdenken?

Ich schüttelte mich vor Unmut, das Stechen im Bauch wurde unerträglich.

Bald werde ich den erklärenden Brief schreiben müssen.
In den ersten lauen Frühlingstagen werde ich mich auf den
Weg machen, er soll, er muss wissen das es mit uns vorbei
ist, in diesem Leben, das bin ich ihm schuldig.
Die Zeit ist gegen uns, sie spielt keine Rolle, später werden
wir uns wiederfinden.

Die Gesellschaft des alten Grafen mied ich geflissentlich.
Ich verabscheute ihn, legte keinen Wert auf seine
heuchlerischen Phrasen.
Ich hatte mich leidlich in den tristen Tagesablauf gefügt, was
blieb mir sonst, ein Tag war wie der andere.
So war ich überrascht, als ich auf meinem üblichen
Erkundungsgang an den Gesindeunterkünften vorbei,
merkwürdige Töne vernahm. Töne die fast wie Musik
klangen, etwas blechern, dennoch rhythmisch im Takt des
Gesanges der sie begleitete.
Ich folgte neugierig den Klängen, magisch angezogen von
dem Unerwarteten, öffnete ich die Tür die mich lockte.
Dort fand ich eine lustige Gesellschaft vor.
Hannes, der muntere Grafensohn Amadeus, zwei mir
unbekannte Gesellen und zu meinem größten Erstaunen,
befand sich auch Giesbert unter ihnen.
Sie alle bildeten einen lustigen Chor.
„Oh mein Liebchen kommt uns besuchen!", rief er, sichtlich
erfreut und zog mich in die Runde.
Nun legten sie sich mächtig ins Zeug und boten mir ein

ungewöhnliches Ständchen. Ich war beeindruckt, ihr munterer Gesang, begleitet von einer Fiedel und Klampfe, versetzte uns in eine romantische Stimmung.

„Ich werde dich heiraten, noch in diesem Jahr meine Schöne", eröffnete mir Giesbert ernsthaft, „dann hat hoffentlich deine spröde Zurückhaltung ein Ende. Was hältst du von Weihnachten mein Liebchen!", raunte er mir ins Ohr und schloss mich in seine Arme.

Diese geheimen Zusammenkünfte wiederholten sich jeden Abend.

Ich ertappte mich dabei, diese ungezwungenen Treffen herbeizusehnen.

Ich kannte keines der Lieder die sie zum Besten gaben, lernte aber schnell und trällerte bald mit ihnen, aus voller Kehle die Strophen mit, im Arm meines glühenden Verehrers.

Der junge Dichterspross, der all die lustigen Weisen zusammengereimt hatte, hielt sich stets an meiner Seite, blinzelte mir spitzbübisch zu und suchte mir mit zweideutigen Reimen zu imponieren.

„Du bist mein Hort und Hafen, nur bei dir möchte ich schlafen", sang er inbrünstig, hingebungsvoll und schlug den Takt dazu auf seiner Klampfe.

„Genug jetzt du Angeber, du mädchenhafter, Gepländel schmiedender kleiner Spinner!", entzauberte Giesbert die knisternde Spannung.

„Sieh mal an, der derbe Klotz ist eifersüchtig, doch die magischen drei Worte bringt er nicht heraus", gurrte ich, anzüglich schmunzelnd.

„Bah – ich bin nicht eifersüchtig, aber ich dulde nicht das er dir nachstellt und das du ihm schöne Augen machst, alle becirzt du!", erboste er sich.

Er hatte es sich inzwischen zu Gewohnheit gemacht, mich auf all meinen Wegen zu begleiten.

Er hing an mir wie eine Klette, kaum das ich einen Schritt alleine gehen konnte.

So beobachtete er mich akribisch und gab Order, stets auch sein Pferd zu satteln, wann immer es mich nach einem Ausritt gelüstete. Kurz, er gab mir keine Gelegenheit für meinen ersehnten Ritt in die andere Richtung, den Weg den ich nur allein gehen konnte.

So ging der November, die Zeit raste unerbittlich, Weihnachten rückte immer näher, die ersten Schneeflocken fielen.

Ich lebte nicht wirklich, in der falschen Zeit, die nicht die Meine war. Schon hatten die ersten Vorbereitungen für das große Fest begonnen, es wurde brenzlig, meine Zeit mich zu lösen wurde knapp.

Heute Nacht werde ich gehen, nahm ich mir vor und packte heimlich mein Bündel, von Unruhe getrieben. Nachts, wenn alle schlafen, wollte ich mein Pferd aus dem Stall holen.

Meine Taschenlampe würde mir sehr von Nutzen sein.

Ich brauchte nur die Satteltaschen zu füllen, das dauerte nur wenige Minuten.

Den Stallburschen wähnte ich auf meiner Seite, denn ich hatte ihn bestochen, ein paar Münzen wirkten Wunder.

Nun blieb mir nur zu warten.

Alle Lichter waren gelöscht, die Geräusche des großen

Haushaltes verstummt, als ich die Tür meiner Kammer leise öffnete, die Halle auf Zehenspitzen durchquerte und tiefaufatmend ins Freie trat.

Im Schein der Taschenlampe bahnte ich mir den Weg über den Hof, als ich eine Stimme vernahm.

„Ach mein Liebchen kann auch nicht schlafen, sicher bist du auf dem Weg zu mir, vergehst vor Sehnsucht, so komm in meine Arme".

Ich erstarrte vor Schreck und machte mich steif.

„Aber was ist das da, ist das nicht deine Reisetasche, was hat das zu bedeuten?", knurrte er gefährlich und schüttelte mich.

„Was hattest du vor, du liederliches Frauenzimmer, wer ist es, mit wem willst du dich aus dem Staube machen, vier Tage vor unserer Hochzeit?"

Er packte mich schmerzhaft ins Haar und zerrte mich in Richtung der Stallungen.

„Du wirst die Peitsche zu spüren bekommen!", zischte er mit hassverzerrtem Gesicht.

Ich wehrte mich mit allen Kräften und begann zu schreien. Die ersten Fenster wurden geöffnet.

„Was geht hier vor?", ertönte eine barsche Männerstimme.

„Was brüllst du so, du machst das ganze Haus wach, was sollen sie von uns denken!", hauchte ich und suchte in meiner Verwirrung nach dem Schalter meiner Taschenlampe, die noch immer den Schauplatz erleuchtete.

„Wie lange brennt denn dein kaltes Licht noch. Womit nährst du es. Was ist das für ein Teufelsding und wo wartet dein Geliebter? So rede endlich!"

„Es gibt keinen Geliebten!", beschwor ich ihn.

„Ha – und was tust du hier in der dunklen Nacht mit deinen Habseligkeiten?"

„Ich wollte allein sein, ein paar Tage, bevor"…

„So so, allein sein wollte sie und wo wollte sie schlafen, mitten im Winter, in der Scheune etwa wie eine Stallmagd oder in einer der armseligen Bauernkaten, was geht nur in deinem Hirn vor", brummt er kopfschüttend.

„Und wenn, so ist das meine Sache, lass mich jetzt los du Schinder, du brutaler Barbar, du hast kein Recht über mich zu verfügen, noch bin ich nicht dein Weib das du herumstoßen und kommandieren kannst und bei Gott, das werde ich mir noch überlegen!", fügte ich bissig hinzu, löste mich mit einem Ruck und lief ins Haus zurück in meine Kammer, verriegelte sie hinter mir, warf mich aufs Bett und heulte meine Verzweiflung heraus.

Ich war und blieb gefangen in dieser tristen Zeit, ich sah keinen Ausweg mehr, musste mich fügen.

Die Begegnung am folgenden Tag, seine Beteuerungen mich zu lieben, ließ ich emotionslos über mich ergehen.

Auch er schien eine schlaflose Nacht verbracht zu haben, vermutete ich, als er mir mit Gram zerfurchtem Gesicht entgegentrat.

„Oh verzeih mir, meine über alles Geliebte, sei wieder gut!", beschwor er mich zerknirscht.

Drei Tage später wurden wir in der Dorfkirche getraut.

Es zählt nicht, ist nicht für die Ewigkeit, tröstete ich mich, doch das Leben ging weiter, nahm mich auf, hielt mich fest, wurde Gewohnheit, ich fügte mich ein, nahm meine Pflichten als Gräfin ernst und verdrängte zunächst meine geheimen

Wünsche und Hoffnungen.

Feste und Familienfeierlichkeiten mussten organisiert und geplant werden.

Der Frühling zog ins Land und mit ihm wuchs meine
Unruhe. Die Ungewissheit des Gelingens meines Planes,
lastete immer schwerer auf mir.
Das ist nun mein Leben, dachte ich mutlos, als ich bemerkte
das die Glut der Liebe meines Gatten zu erlöschen begann.
Immer öfter sah ich mich allein im goldenen Käfig, nur zu
allen öffentlichen Anlässen war er stets an meiner Seite,
protzte mit mir, gab sich liebenswürdig und charmant, doch
es baute sich keine Vertrautheit zwischen uns auf.
Abends saß ich manchmal allein in unseren Gemächern.
Ich stellte ihn nie zur Rede, gab es doch keine tiefgreifenden
Gespräche zwischen uns, unsere Interessen waren zu
unterschiedlich.

Er konnte sich nicht ausleben bei ihr, konnte seinen Drang
nicht stillen, konnte nicht grob zu ihr sein wie zu seinen
Gespielinnen, die er gelegentlich aufsuchte und schlug, wenn
sie nicht willig seinen Wünschen und Forderungen
nachkamen.
Es verlangte ihn unwiderstehlich die Mädels zu quälen und
Gewalt auszuüben.
Doch sie, seine Gattin durfte von seinen geheimen Wünschen
und krankhaften Perversitäten, nie erfahren, sie ist zu schön,
zu edel und unwirklich um ihm nah und vertraut zu sein.
Selbst in seinen Armen dünkte sie ihm fremd, doch

gleichsam in sein Herz gebrannt, sie war und blieb etwas Besonderes, blieb seine unumstößliche Göttin die nur ihm gehörte.

Obwohl wir uns nicht wirklich etwas zu sagen hatten, denn unsere Interessen und Lebensauffassungen gingen in verschiedene Richtungen, gab es doch ein Thema das uns gleichermaßen betraf, er wünschte sich Kinder, viele Söhne die sein Erbgut tragen würden.
War er doch selbst nicht mehr der Jüngste, denn mit 40 Jahren, zählte er längst zu den älteren Gesetzten, nicht selten schon zu den Großvätern.
Nun, mir erschien er eher wie ein übermütiger Lausbub.
Er gab sich in meiner Gegenwart aufgeschlossen, wissend und geschmeidig, mit seinem steten Grinsen um den Mund.
Doch es war gewiss nicht alles Sonnenschein, es brodelte im Gebälk, der Frieden geriet ins Wanken.
Eine alte Fehde zwischen dem Schloss und der Fürstensippe im Nachbarbezirk, war wieder aufgeflammt. Säbelrasseln stand an, man rüstete zum Angriff, konnte die Verleumdung und Schmähung nicht länger kampflos hinnehmen.
Mit großen Gesten, doch wortlos, verließ mich an dem gewissen Morgen mein Gemahl. Ein letzter flüchtiger Kuss auf die Stirn gehaucht, eine letzte Umarmung.
Mit einem aufmunternden Kopfnicken schwang er sich auf sein Ross. Schnee und Matsch und schmutziges Wasser spritzten auf, als er sich den Truppen anschloss, schien er mich schon vergessen zu haben.
Er hatte die gewünschte Gattin bekommen, schöner und

lieblicher als er sich jemals hatte erträumen können.
Elfenhaft, anmutig von ergreifender Schönheit, glaubte man
kaum das sie wirklich ist. Herausstechend wo immer sie sich
zeigte in ihrer eigenwilligen Aufmachung. Keine trug solche
eigenartigen Gewänder.
Noch immer war er wie geblendet, wenn sie aus dem
Gewimmel im Festsaal heraustrat, schritt, schwebte zu ihm.
Er öffnete die Arme und schloss sie fest um seinen kostbaren
Besitz, sie war Sein. Sie würde ihm prächtige Söhne und
Töchter gebären. Er zeigte sich gerne mit ihr, ergötzte sich an
dem ungläubigen Staunen, begehrlicher Blicken der
Anderen, lass sie nur glotzen.
Doch er war nicht fähig, seine Zuneigung zu zeigen, fand es
unmännlich den Galan zu geben, verbarg hinter coolen
Auftritten seine Eifersucht. Wurde wütend, bald jähzornig,
wenn er sie abends nicht in seinen Gemächern vorfand, tobte
und wütete, warf Möbel um.
Doch ihr gelang es mit einem gekonnten Augenaufschlag ihn
stets zu besänftigen.
Sie gehört mir, berauscht mich, teilt Bett und Tisch mit mir,
macht mich stolz, denn alle sind scharf auf sie. Wir sind für
alle Zeit verbunden, dachte er, auch wenn er gelegentlich auf
Abwegen wandelte.
Wie viele Sonnenaufgänge hatten sie gemeinsam gesehen in
andächtigem Staunen, wie viele Male hatte er sie auf das
Pferd gehoben und ihr nachgesehen. In sinnlicher
Verzückung ihr anmutig erhobenes Profil betrachtet, wenn
sie Seite an Seite ritten, wie sinnlos war sein Leben ohne Sie.
Dennoch verlangte es ihn nach anderen Weibern, besonders

reizte es ihn, das jüngste Komtesschen zu entjungfern.
Sie ist so reizend in ihrer köstlichen Unschuld.
Noch mehr aber drängte es ihn eine Dirne oder eine der
zahlreichen Hausmädchen oder eine der Mägde aufzusuchen,
bevor er das Schlafgemach der Gattin betrat.
Sein heißes Blut war dann abgekühlt, denn sie bevorzugte
einen sanften, zärtlichen Liebhaber, dennoch konnte er es
danach gar nicht abwarten sie in die Arme zuschließen und
ihren süßen Körper zu kosten, sie roch so gut, anders als die
anderen.
Er ahnte nicht, das sie längst von seinen ungezügelten
Eskapaden und dem Drang, seinen Gespielinnen Schmerzen
zuzufügen, wusste.

Ich erschauerte vor Ehrfurcht, als sie sich in prächtiger
Kampfausrüstung auf dem Hof sammelten. Ihre blanken
Säbel blitzten in der Sonne.
Ein erhebender Anblick, Gänsehaut pur, Männer wie sie
schon seit ewigen Zeiten uns Frauen erregten und weiche
Knie bekommen ließen.
Nun, sie zogen nicht in den Krieg, wohl aber kampflustig in
eine Schlacht, deren Ausgang ungewiss war.
Ich war gewiss nicht die Einzige die diesen erhebenden
Anblick ergriffen verfolgte.
Nur berührte es mich wohl nicht so sehr das ich, wie die
anderen jungen Frauen, wehklagend in Tränen ausbrach.
Ich verfolgte mit gemischten Gefühlen den erhabenen
Anblick, als sie stolz wie allmächtige Götter vom Hof ritten
und zog mich rasch zurück, lief ihnen nicht nach um sie

zwischen den Bäumen entschwinden zu sehen.

Heute war endlich mein Tag. Heute würde ich meiner verlorenen Liebe die erschütternde Nachricht überbringen. Werde ich ihn sehen?

Besser nicht, es würde mich umhauen, das konnte ich nicht verkraften.

Ich musste mich mit einem klapprigen alten Gaul begnügen,
der verlassen im Stall übriggeblieben war.

Sei es drum, auch er würde mich letztendlich zu meinem Ziel
tragen.

Mein Kopf war leer. All meiner Wünsche und Sehnsüchte
beraubt, preschte ich durch die Dörfer, dem Berg entgegen.

Ich quälte mich durch das Dickicht, es gab noch keinen Weg,
keinen Trampelpfad wie in der Zeit von 18 – bis ins
21. Jahrhundert.

Keiner vor mir schien je den Weg, den Hang hinauf zu den
Höhlen gestiegen zu sein.

Meine Gedanken irrten zurück, ließen die vergangenen
Monate und Jahre Revue passieren.

Ich dachte an den neuen Gatten, der mich auf seine Art wohl
liebte, doch zu tiefen Gefühlen nicht fähig war. Sicher
verehrte er mich, schenkte mir Zeichen seiner Zuneigung,
doch sein Wesen war oberflächlich.

Ihm genügte es, mich zu besitzen, an meiner Seite hob sich
seine Brust voller Stolz, als hätte er einen besonderen Sieg
errungen.

Er zeigte sich gern mit mir, ergötzte sich an den
begehrlichen, ungläubig staunenden Blicken anderer.

Er wurde schnell jähzornig, wenn er mich nicht in unseren
Räumen auf ihn wartend vorfand, wenn er nicht wusste wo
ich mich gerade aufhielt, ein Macho, der es mit der ehelichen
Treue nicht ernst nahm. Doch abgesehen davon gutmütig und

umgänglich war.

Es verlangte uns nicht mehr nach gemeinsamen Ausritten, noch nach belebenden Spaziergängen, zumal unsere bisherige Gemeinschaft hauptsächlich auf den Pferdrücken, hockend bestanden hatte. Seite an Seite, Wochen, Monate, Tag aus Tag ein, ohne uns wirklich näher zu kommen.

So sah es Amadeus, der junge Poet, als seine Chance mich zu begleiten, um mir näher zu kommen, was mich keineswegs störte, war er doch amüsant und unterhaltsam, Giesbert jedoch störte es sehr wohl, worauf er es vorzog, fortan mich selbst zu begleiten und mich somit von unliebsamen Ausflügen abhielt.

All das jedoch berührte mich nicht sonderlich, mich quälten andere Dinge, marterten mich bis hin zum körperlichen Schmerz. Der Druck auf meiner Brust wollte mich zerquetschen, der Magen brannte bis zur Übelkeit.

Ich fühlte mich elend und krank.

Er hingegen frohlockte, glaubte mich schon Monate schwanger, weil ich es versäumt hatte, die weiblichen, monatlichen Unpässlichkeiten der zyklischen Abläufe des Frauenkörpers vorzutäuschen. Denn meine biologische Uhr hatte längst aufgehört zu ticken.

Mit fast 48 Jahren war ich längst jenseits des weiblichen Zyklus, somit war es ausgeschlossen noch Mutterfreuden entgegen zu sehen.

Ich musste nun endlich Klarheit schaffen zwischen mir und meinem einzigen geliebten Lebensgefährten und Ehemann in ferner Zeit.

Jetzt war er mir so nah und doch so fern.

Ich hatte ihn in den hintersten Winkel meines Kopfes verbannt, liebte ihn nicht mehr, nun ja - nicht mehr so wie früher, er verblaste, wurde zu einem fernen Erinnerungsgebilde, 500 Jahre, doch nur 40 Kilometer weit entfernt, nun aber in greifgarer Nähe.
Doch mein Gewissen und die Erinnerung an so viele gemeinsame Jahre, ließen mich nicht zu Ruhe kommen und zur Feder greifen.   Brief April 1352

Wenn es dich noch gibt mein Liebster und wenn du diese Zeilen liest, wirst du wissen das es auch mich noch gibt, das ich lebe, wohingegen ich von dir kein Lebenszeichen mehr erhalten habe und nicht weis ob du noch unter den Lebenden weilst.

Ich habe alles, was mich betrifft dem Papier anvertraut. Mein Dasein findet jetzt auf einer anderen Ebene statt, ich habe mich arrangiert und damit abgefunden.

Ich lebe jetzt im Jahre 1352, habe mich leidlich in diese Zeit eingefügt, bin jetzt neu Vermählt, es hat sich so ergeben.

Wenn dich diese Zeilen erreichen sollten,

suche nicht mehr nach mir, es ist zu spät.
In vergangener Liebe – Carla.

Diesen Brief hatte ich in aller Eile geschrieben.
Ich übergab ihn Robby dem Zeitenlenker in der mystischen
Höhle, in der Hoffnung er würde ihn bei passender
Gelegenheit meinem langjährigen Gefährten übergeben.
Ich war zu feige ihn selbst zu überbringen
und seinen - unseren Hof, ein letztes Mal zu betreten.
All die vielen Jahre miteinander hatte ich verraten, war nicht
mehr imstande ihm gegenüber zu treten.
Alles was uns verband über 200 Jahre, alles das würde über
mich hereinbrechen, mich erdrücken und zerstören.
Unsere übermächtige, nie enden wollende Liebe die nie
vergeht, flammte im Rausch der Gefühle wieder auf und
würden mein Herz zerbrechen, ihn für immer aus meiner
Seele löschen und nur ein verstörendes Gefühl der Leere
zurücklassen.
Mein Magen krampfte sich zusammen, wütete wie Feuer.
Es riss in meinen Därmen, kratzte in der Kehle, würgte mich.
Angeekelt von mir selbst, beugte ich mich über ein
Dornengebüsch, spuckte, keuchte, spie bis ich leer war.
Doch das verdrängte, verloren geglaubte Gefühl tief in mir,
konnte ich nicht ausspeien.
Der Schmerz der verlorenen Liebe wurde unerträglich, wie
konnte ich so weiterleben, mit diesem Wissen, was habe ich
getan? Ich sackte zu Boden, kauerte mich wie ein Wurm
zusammen und konnte nicht aufhören zu weinen.
Ich wusste nicht wohin ich gehöre, konnte mich nicht lösen,

wollte ihm noch nahe sein, nur ein paar Minuten die gleiche Luft atmen. In meinem Kopf hämmerte es dumpf.

Ich wollte nicht mehr denken, nicht mehr sein.

Längst war die Sonne versunken, noch immer hockte ich hinter dem Felsen, unfähig mich zu rühren.

Eine Hand auf meiner Schulter weckte und schreckte mich aus meiner Apathie. Mein Herz schlug bis zum Hals, mein Körper begann zu kribbeln. Eine wohlige Wärme breitete sich aus und vertrieb die Schmerzen und die Übelkeit.

Die Berührung seiner Hand brannte durch meine Bluse, ein Feuer entflammte aus einer Glut, die ich längst erloschen glaubte.

„Du lebst, bist wirklich!“, stammelte ich erstickt, hob meine Hände und strich mit bebenden Fingern über sein Gesicht.

„Ich habe deinen Brief gelesen und bin sogleich zur Höhle geeilt, wollte dich noch einmal sehen, deine Augen, wenn du mir sagst das du mich nicht mehr liebst, dann muss ich mich damit abfinden“.

„Gestatte mir ein letztes Mal dich in den Arm zu nehmen, dich ein letztes Mal zu küssen, dich mein Leben, dann werde ich gehen, das ist dann das Ende für mich, mein letzter Tag auf Erden!“, sagte er mit rauer Stimme.

Er beugte sich über mich und zog mich fest in seine Arme, seine Augen verbrannten mich.

Oh Gott, wie soll ich diese Blicke ertragen, ich muss fort sonst…

„Ich muss gehen, - lebe wohl!“, wisperte ich, löste mich aus seinen Armen und begann zu laufen und stolperte.

Ich wollte nicht unnötig lange bleiben, die Kraft der

Erinnerung marterte mich, doch ich konnte nicht gehen, fort von ihm.

„Bleib noch Liebste", murmelte er und zog mich wieder in seine Arme, „wer immer – „Er" – auch ist, unsere Liebe ist stärker, spürst du das denn nicht?"

So verweilten wir eng umschlungen, versunken in alter Vertrautheit, einer des anderen Nähe genießend.

Als er plötzlich vor uns stand, Giesbert!

Wutschnaubend mit irrem Gesichtsausdruck stierte er verächtlich auf uns herab.

„Ihr vergreift euch an meine Gattin Unwürdiger, ich fordere euch zum Gefecht werter Herr - Ihr könnt wählen zwischen Dolch und Säbel", knurrte er gefährlich, ohne Umschweife.

„Aber Giesbert, wie ist es möglich, wie konntest du mich finden?", rief ich erschrocken.

„Mein treuergebener Knappe ist dir auf meinem Befehl hin gefolgt und hat dich in diese Höhle steigen sehen, hier, diesen Zettel hast du verloren, darauf steht eine Zahl 1892, diese Zahl hat mein Leben gerettet, als die verfluchte Höhle sich plötzlich hinter mir geschlossen hat und mich nicht mehr freigeben wollte, oh ich habe fürchterliche Minuten dort durchstanden, glaubte mich in der Hölle gefangen!"

„Diese läppische Zahl ist also das ganze Geheimnis dieser angeblichen Menschenverschlingenden Höhle, von der ich habe reden hören!"

„Nun bin ich hier und siehe, ich erwische meine treue Gemahlin in den Armen ihres Geliebten.

„Lasst augenblicklich eure dreckigen Pfoten von ihr, Lüstling der ihr seid, euer letztes Stündlein hat geschlagen, ich werde euch zerstückeln, keiner vergreift sich ungestraft an meinem Eigentum!"

„So lasst uns die Angelegenheit in Würde regeln, ohne Blutvergießen, nehmt euer Eigentum an euch, ich werde gehen, sie wird mich nicht wieder sehen", stammelte mein Liebster heiser, während sein verzweifelter Blick, voller Seelenqual mich traf.

„Oh nein, so ungeschoren kommt ihr mir nicht davon, Feigling der ihr seid!", grollte Giesbert und griff nach seinem Säbel.

„Ich ergebe mich kampflos, so sei es denn, mein Leben ist zu Ende ohne dich mein Herz, wenn mir keine Hoffnung mehr bleibt", fügte er kaum hörbar hinzu.

Er hatte keine Chance gegen den schwertschwingenden Gegner, er machte auch keinen Versuch mehr sein Leben zu retten.

„So töte er mich endlich, wozu soll ich noch leben ohne Sie", murmelte er und beugte sein Haupt, den tödlichen Hieb erwartend.

„Nein!", schrie ich in höchster Panik und warf mich zwischen die Rivalen, „so soll das Schwert mich treffen und mich zuerst enthaupten".

Doch ich spürte es nicht auf mich herniedernieder sausen. Stattdessen hörte ich mehrere Schüsse, wie ein Donnerschlag, laut zwischen den Felswänden hallen.

Was war das? Erschrocken hob ich meinen Blick und sah meinen jungen Gatten tödlich getroffen am Boden liegen. Ich taumelte ein paar Schritte und fand am Felsen halt, noch hatte ich nicht ganz begriffen was geschehen war.

Erschüttert starrte ich auf den am Boden liegenden, Unbesiegbaren, noch nie hatte ihn ein Säbel oder ein Schwert ernsthaft verletzt, nun aber sah ich frisches Blut aus einer Brustwunde treten.

Aber warum er? Ich müsste an seiner statt am Boden liegen, verwirrt blickte ich mich um und sah Wolfgang vor dem Höhlentor, mit einer Waffe in der Hand.

Wolfgang, mein Ziehsohn war aus der Höhle getreten und erfasste die Situation mit einem Blick, griff nach seinem Colt und schoss zweimal.

„Oh Mann, das war knapp", rief er und sprang uns mit hastigen Sätzen entgegen.

„Carla, liebste Carla, so sehe ich dich also wieder.

Wer ist der Kerl, der wie im Mittelalter mit einem Schwert herumfuchtelt und alles niedermetzeln will - was ist das für eine Faschingsfigur?

Also ich muss schon sagen, die Szene war Filmreif.

Ist das ein echtes Schwert und wollte der euch tatsächlich einen Kopf kürzer machen?" Fragte er staunend und schloss mich überschwänglich in seine Arme.

Langsam erwache ich aus meiner Benommenheit und fand die Sprache wieder.

„Oh Wolfgang, du hast ihn getötet!", stammelte ich mit bebender Stimme.

„Ja sollte ich etwa zusehen, wie er euch köpft?"

Fortsetzung

http://www.meine-buch-ideen.de/

© 2018 Charlotte Camp Neuauflage 2020
Herstellung und Verlag: BoD – Books on Demand,
Norderstedt.
ISBN: 9783752897296